D+

dear+ novel

hitosaji no koigokoro・・・・・・・・

ひと匙の恋心

可南さらさ

新書館ディアプラス文庫

ひと匙の恋心

contents

illustration：カワイチハル

ひと匙《さじ》の恋心

味噌汁の香りで目が覚める朝。

寝ぼけ眼《まなこ》のままベッドから起きだすと、テーブルの上には炊きたてのご飯に、卵焼きや焼き魚が並べられている。

時にはパンの日もいい。

食パンなら軽く焼き色がつく程度に炙《あぶ》り、バターをほんの少しだけ乗せる。

蜂蜜《はちみつ》をとろりと垂《た》らしたりするのも、実に好みだ。

珈琲《コーヒー》はもちろんドリップ式で。淹《い》れたての珈琲の深い香りが鼻腔《びこう》を擽《くすぐ》り、舌に広がる心地良い苦みが全身を活性化させていく。

おかずはふわふわのオムレツに、軽く炙ったベーコン。デザートはオレンジかキウイのスライスを添えたものを。

付け合わせのサラダには和風ドレッシングか、レモンと塩とオリーブオイルをかけて……。

『ピピピピ、ピピピピ』

「……う…」

人がせっかく、幸せな夢に浸《ひた》っていたというのに。

まだ一口も食べていないうちから理想の朝食はあっさりと消え失せ、現実がやってくる。

竹内涼太《たけうちりょうた》は鳴り続ける目覚ましのスイッチを手探りでオフにすると、ぼすっと再び布団へと突っ伏した。

（……ああ。このままもう一度、深く眠ってしまいたい）

実際にそうできたら、どんなに幸せだろうか？

冬の寒い朝、世のサラリーマンたちがみな一度は抱えるジレンマだろう。

けたたましく鳴り響いていた目覚まし時計は、朝の五時半を指している。

こんな時間から布団を出るのは億劫《おっくう》だし、なにより外はまだ薄暗いのだ。

だがそろそろ起きて出かける準備をしなければ、お迎えのバスの時間に間に合わなくなる。

分かっていても涼太の両の瞼《まぶた》は接着剤でくっつけられたみたいに、なかなか開かなかった。

（あと……ほんのちょっとだけ。あと五分だけなら……）

そう呟いていているうちに、隣で寝ていたはずの塊《かたまり》が先にむくりと起き上がった。

「パパ」

さきほどの目覚まし時計の音で、目が覚めたのだろう。

朝に弱い涼太とは対照的に、一人娘の美空《みそら》は寝起きがバツグンにいいのだ。

「そろそろ起きないと、また遅刻しちゃうよ？」

「うん……起きる。ちゃんと…起きてる……から。……大丈夫」

毎朝すぐには起きられない父をよく知る美空は、布団の上から涼太の背中にどすんと馬乗りになった。

途端、『ぐぇ…っ』とカエルが潰れたような小さな声が漏れる。

「パパ。今日は髪の毛、ふたつにしてね」

「……分かった」

美空の通っている幼稚園では、肩にかかるほど髪が伸びたらゴムで結ぶか、三つ編みするようにと言われている。娘の柔らかな髪を櫛《くし》でとかし、ゴムで結ぶのは、涼太にとって毎朝の大事な日課だ。

だが悲しいかな、涼太はかなりの不器用で、それだけでも結構な時間が掛かるのだ。

そんな父親に美空は溜め息を吐くと、小さな声でぽつりと呟いた。

「パパ」

「ん…？」

「美空、お腹空《す》いた」

「……う…」

その一言は涼太にとって、最強の呪文《じゅもん》だ。

妻と別れ、男手一つで美空を育てていくと決めたとき、絶対にこの子を飢《う》えさせることだけはしないとそう心に誓ったのだ。

仕方なく涼太は布団への未練を無理やり断ち切ると、むくりとその身を起こした。

「うん。……パパも、お腹が空いたな」

涼太は食べることが好きだ。

今年で三十六になるが、その旺盛《おうせい》な食欲だけは高校時代からあまり変わりがない。

だが食べることが好きな気持ちとは裏腹に、涼太の料理の腕前は、何年経《た》っても上達の見込みのかけらもなかった。

（くっそ……。さっきのあれ、すごい美味《うま》そうだったよなぁ）

思い出した途端、ぐうぅと盛大にお腹が鳴り始める。

ともかく今はまず、愛娘《まなむすめ》になにか作って食べさせなければ。

「じゃあ、朝ご飯にするか」

「うん！」

涼太はベッドから抜け出すと、立派すぎてほぼ使いこなせていないカウンターキッチンの中で、朝食の準備を始めた。

インスタントの珈琲をカップへ注ぎ、レタスやトマトを適当に切っただけのサラダを皿に並べる。

それからパンを焼こうとして、棚に目をやった瞬間、その手がぴたりと止まった。

棚には六枚切りの食パンが一枚きりしか残っていない。

「あー……。そうだった」

昨夜《ゆうべ》、会社帰りに買い物に行きそびれたことを思い出す。

家を出る前にちゃんと『クリーニングの受け取りと、買い物にいくこと』と、メモしておいたはずなのに。

慌てて他の棚も探してみたが、買いおきのコーンフレークも冷凍庫の焼きおにぎりも、なくなってしまっている。どうやら先週、全て食べ尽くしてしまったらしい。

仕方なく、一枚だけ残っていた食パンをトースターに放り込み、その合間に美空を幼稚園の制服に着替えさせ、髪を櫛でとかして二つに結んでやる。

ジャムをたっぷり塗ったトーストに、温めたミルク。それをテーブルに並べると、美空は『いただきます』と両手を合わせた。

「パパのぶんは？」

どうやら美空も、涼太の分のパンがないことに気付いたらしい。

涼太は山盛りにもったレタスをしゃりしゃりと口に放り込みながら、にこっと笑った。

「パパはまだあんまりお腹が空いてなかったから、今日はサラダだけでいいんだ」

「でもさっき、お腹が空いたって言ってたよ？」

「あー……さっきは寝ぼけてて、お腹が空いてなかったことを忘れてたんだ」

「ふーん」

涼太の説明にどこか釈然としない表情を浮かべながらも、美空はブルーベリージャムの塗られたパンを手に取った。

「美空のパン、半分こする？」

小首を傾《かし》げつつそんな優しいことを尋ねてくる愛娘に、思わずへらりと目尻が下がる。

（うう……。なんていい子なんだ）

親バカと言われようとも構わない。

なにしろうちの娘はこの通り、優しくて賢くて、世界一可愛いのだ。

「ありがとう。でもみーちゃんは、これから幼稚園に行くんだろ？　幼稚園に行く前はみんなちゃんと朝ご飯を食べてきましょうねって、先生とのお約束だったよな？」

「うん」

「なら、ちゃんと残さず全部食べないと」

促《うなが》すと、美空は『はーい』とようやくパンにかじり付いた。

その愛くるしい姿に目を細める。

「みーちゃん。美味《おい》しいか？」

「うん。美味しーい」

ジャムを口の周りにあちこちつけながら微笑《ほほえ》む姿は、まるで天使だ。

幸せそうな微笑みを見るたび、こちらまで幸せな気分になれる。

この笑顔のために、毎日、会社で汗水垂らして働いてるようなものだ。

涼太はグーグーと鳴る腹の音を誤魔化《ごまか》すように、不格好なトマトを口の中へと放り込むと、冷《さ》めかけたインスタントの珈琲でそれを無理やり押し流した。

「……まず」

自分で淹れておいてなんなのだが、店や友人の家で淹れてもらう本格的な珈琲とは雲泥《うんでい》の差だ。

それでも、なにもないよりかはましだろう。

(今日こそ絶対、買い出しに行かないとな)

そう心に誓いつつ、水のように薄いその珈琲を再び口に含むと、ほんのりと切ない味がした。


「腹へった…」

知らず知らずのうちに、小さなぼやきが唇から零《こぼ》れていく。

ぐーぐーと勢いよく鳴り続ける涼太の腹の音に気付いたのか、目の前の席に座っていた女性がすっと手を差し出した。

「竹内主任。こんなものしかないですけど」

差し出されたのは、手のひらサイズのチョコレート菓子だ。

「おお。嶋田《しまだ》さん、サンキュ」

部下に礼を言い、ありがたくそのチョコレートを受け取る。

封をやぶって口の中に放り込むと、とろりと蕩《とろ》けるチョコの甘みが広がった。

「うう。うまい」

たった一粒のチョコレートを泣き出さんばかりに喜ぶ涼太に、妙な憐《あわ》れみを感じたらしい。嶋田は苦笑しつつ、『よければこれ、全部どうぞ』とデスクの中から取り出したチョコを小袋ごと渡してくれた。

「ほんと助かる。持つべきは、よく気がつく部下だよなー」

「はいはい」

今年で入社五年目になる嶋田は、ショートカットが似合うさっぱりとした女性だ。

いつもパンツスーツで男性社員に混ざってバリバリと仕事をしているが、その中身は実に女性らしい気遣いに溢れていることを知っている。

激しいノルマ争いのある商社営業部の中でも、そうした気遣いを忘れない彼女を、涼太も部下として気に入っていた。

「さっきから、なんだかすごい勢いでお腹を鳴らしてましたけど。もしかして主任、朝ご飯、食べてこなかったんですか？」

「ああ」

「あらら。大食いの主任にしては、珍しいですね」

「今週、ずっと忙しくてな。食材を買い出しに行くのを忘れてたんだよ。その上、今日に限って娘の幼稚園バスが遅れてきてさ」

美空を幼稚園へと送り出したら、自分はコンビニでおにぎりでも買って会社にいこうと思っていたのに、なぜか園のバスがなかなかやってこなかった。

聞けば主要道路で事故があり、渋滞が起きていたらしい。

なんとか美空をバスに乗せたときには、もはや遅刻ギリギリの時間で、コンビニに寄る暇も無かったのだ。

「それは災難でしたね。でもそういう話を聞くたび、竹内主任って本当にイクメンなんだなーって思います」

「頼むから、それやめてくれ…」

これまで何度聞かされたかわからない『イクメン』という単語。

涼太としては、その言葉には少々うんざりしているのだ。

毎朝、バスの待ち合わせ場で顔を合わせる主婦たちと交わすのは、いつも似たような会話ばかりだ。

いわく『美空ちゃんパパは、イケメンの上にイクメンで本当にえらいわ』だとか、『うちの旦那なんて、子供の世話はなにもしないのよ。自分で食べた茶碗《ちゃわん》を流しに運ぶことすらしないんだから。ほんと竹内さんの爪の垢《あか》でも煎《せん》じて飲ませたいわ』だとか。

涼太は自分がシングルファーザーである以上、子供のことや家のことをやるのは必然であり、別にえらくもなんともないと思っている。

それに美空の世話は好きでしていることだ。

妻との離婚が決まった時、涼太は美空を自分が引き取って育てると、なんのためらいもなくそう決めた。

仕事が忙しいせいで娘には寂しい思いをさせてしまっているけれど、美空の世話自体を大変だと思ったことは一度もない。

まぁ……毎朝、時間通りに起きることと、いつまでたっても上達する気配のない料理の腕だけは、どうにかしないといけないとは思っているが。

今日もバスを待つ間に同じ幼稚園のママさんたちに捕まり、さんざん子育ての愚痴《ぐち》や、噂話を聞かされ続けた。仕事で培《つちか》った爽《さわ》やかな営業スマイルでニコニコと聞き流してはいるものの、実のない会話につきあうのは、ほとほと疲れる。

「あれ？　もしかして主任、『イクメン』って言われるの嫌なんですか？」

「嫌っつーか……、実際、そんな風に言われるようなことはなにもしていないからな。他にやる人間がいないから、俺がやってるってだけで。子育てに関しても、俺一人だったら絶対にムリだったし。今でも友人に手伝ってもらって、なんとかこなしてる有様なのに」

「そういえば美空ちゃんって、幼稚園の後は主任のお友達の家で預かってもらってるんでしたっけ？」

「ああ。幼稚園で延長保育をしてもらっても、七時が限度だからな。うちの親戚は遠くに住んでてあてにならないし」

シングルファーザーということで会社側にも色々と融通《ゆうずう》をきかせてもらってはいるものの、それでも幼稚園に涼太が迎えにいける日は限られてしまう。

そのため涼太がいけない日は古くからつきあいのある友人に頼み、幼稚園のお迎えと預かりをお願いしているのだ。

美空はその家で夕飯まで食べさせてもらうことも多く、どちらかといえばその友人のほうが、自分などよりよっぽど『イクメン』と呼ぶのにふさわしかった。

「その友人さん、いい人ですね。いくら友達とはいえ、しょっちゅう人のお子さんを預かるとかなかなかできませんよ？」

「だよなぁ。アイツには本当に助けられっぱなしだよ。美空なんか、俺よりもよっぽどあっちを頼りにしてて、最近じゃ俺が出張でいなくても寂しがりもしないしな」

「あはは。パパとしてはちょっと切ないですね」

「ほんとだよ」

（ま、これも贅沢《ぜいたく》な悩みだけどな……）

友人の助けがあるからこそ、こうして一人でも娘を育てていけているのだ。そのことについては心から感謝している。

もらったチョコレートを全て平らげると、涼太は『ごちそうさま』と嶋田に向かって手を軽くあげた。

「これで少しは腹も持つだろ。今度、御礼に飯でも奢《おご》るな」

「やった！　エビで鯛《たい》が釣れました」

「あまりお高くない鯛でよろしく」

「ふふ。主任もこういうときのために、デスクになにかちょこっと入れておけばいいんですよ。非常用として」

「あー……俺の場合、食い物があったらすぐに食べちゃうから、非常用にはならないんだよな」

痩《や》せの大食いという言葉がぴったりの竹内をよく知る嶋田は、その説明に『なるほど』と頷いた。

「そうだ。なら、さっそくなんですけど、今日のランチは外に出かけませんか？」

「外？」

「はい。会社からちょっと先にある小料理屋さんなんですけどね。ランチが安くてすごく美味しいんです」

「へー、小料理屋か」

普段は社食かコンビニ弁当で済ますのだが、たまにはそういうのもいいかもしれない。

「そのお店、もとは飲み屋だったんですけど、店主さんが体調を崩したとかで、今は別の人がランチの時間帯だけ営業してるんです。オール七百五十円で、ご飯とお味噌汁がついてきて、おかずは好きな物を三品まで選んでいいスタイルで。それが甘辛ソースのかかったからあげだったり、たらこがまるまる入っただし巻き卵だったり、トマト風味のグラタンだったり。メインは創作和食なんですけど、すごい美味しいんですよ」

「創作和食か……」

聞いているだけでも、涎《よだれ》が垂れそうな話だ。

「味噌汁もこれまた絶品なんです。出汁《だし》がよく利《き》いてるからどれ食べても美味しいし。ほんと一人暮らしの人間にはもってこいなんですよー」

「やばい……。聞いてるだけで腹が減ってきた」

「あはは。しかもそこの料理人さんが、かなりの男前なんですよねー。彼目当てのお客さんもいるくらいで」

「なんだ。嶋田さんもその男目当てか」

「そ、そういうわけじゃないですよ？　ただ目の保養も大切じゃないですか。あ、そういうのぬきにしても、料理は本気でオススメなのでどうかなーと思って」

実際、涼太も社食やコンビニ弁当はとっくに食べ飽きてしまっている。

会社近くの立ち食いソバやとんかつ屋もすでに通い尽くしており、新鮮味はまるでなかった。

「よし。この報告書をさっさと片づけるから、是非連れてってくれ」

俄然《がぜん》やる気になって約束すると、嶋田は『やった』と手を叩いて喜んだ。


その店は、会社とは駅を挟んで反対側の商店街の中にあった。

建物自体かなり古く、外見はかなり年季が入っている。

だが一歩中に入れば、店内はそれなりに広い作りで、若い女性客で一杯だった。

(随分と混んでるな)

テーブル席はすでに満席だったので、空《あ》いていたカウンター席に座らせてもらう。メニューらしきものはなにもなく、壁の黒板には味噌汁と本日のオススメ品が書かれているだけで、なんともそっけない作りの店だ。

「なんか、すごいいい匂いがするな」

カウンターの前には本日のおかずが、大きな盛り皿にずらっと並べられていた。

大皿に盛られているおかずは全部で十品くらいだろうか。そのどれもが美味しそうで、思わずごくりと喉《のど》が鳴った。

「おかずは好きなものを三種類、店員さんにいえば皿に盛ってくれますから。あ、ごはんと味噌汁はおかわり自由です」

なんとも太っ腹だが、この中から三種類だけ選ぶのは至難の業《わざ》のような気がする。

(できたら全部、食べてみたいんだけどな)

ともかく今は限界まで減った腹をなんとか落ち着かせようと悩んだあげく、涼太は一番最初に目についた『ナスとズッキーニのそぼろ餡』と『煮込みハンバーグ』『ふろふき大根』をチョイスした。

運ばれてきた膳《ぜん》を前に『いただきます』と手をあわせる。さっそくふろふき大根を口に運ぶと、瞬間、舌の上で大根がほろりとほどけた。

「うわ……なんだこれ。すげーうまい……」

思わず呟くと、隣にいた嶋田が『でしょう?』と満足げに胸を張った。

箸ですっと切れるほど柔らかく煮込まれた大根は、口に入れた途端、ゆずの香りがふわっと口の中に広がっていく。

出汁の仄《ほの》かな甘みが喉を潤《うるお》す。大根に添えられた甘味噌がこんなにも香ばしいのは、くるみがすりつぶして混ぜてあるからだろうか?

「ただの大根が、こんなに甘くてうまいとか。びっくりだな」

「ちょっと感動しますよね。この店なんでも美味しいんですけど、煮物系は特に絶品なんですよ」

美味しかったのは、ふろふき大根だけじゃない。

煮込みハンバーグも、ナスとズッキーニのそぼろ餡も、あっさりとしていて実に好みだ。

「うー……くそ。三種類しか選べないっていうのがまた憎いな。ここはもう一食頼んで、別のおかずも試してみるか……」

「え？　まさか主任……これからもう一食、食べるつもりですか？」

「もう一食ぐらいはいけるだろ」

言いながら、他のおかずをまじまじと見つめていると、隣で嶋田が呆れたように肩を竦《すく》めた。

「主任って……ほんと」

「なんだよ？」

「そんな童顔美人のくせして、死ぬほど食いしん坊ですよねー」

「ほっとけ。別に顔で食ってるわけじゃないだろが」

美人と評判だった母に似て、涼太も昔から男にしておくのがもったいないような美形だとよく言われてきた。長い睫毛《まつげ》やすっとした鼻梁《びりょう》が楚々《そそ》とした印象を抱かせるらしい。

だが性格は実におおざっぱで、さばさばしている。

そのため初めて会う人間はそのギャップに驚くことも多いようだが、涼太がブラックホール並みの胃袋を持つことは、すでに周知の事実だった。

「そんなに気に入ったんですか？」

「ああ。三種類と言わずに、できたら全部食べてみたいね」

「あー、全部はちょっとムリかもしれませんよ？　ここは定番のおかずとかがなくて、毎回、別の料理が並んでるんです。そのおかげで何度通っても飽きないっていうか……」

なるほど、だからメニュー表がないのか。

そんな話を聞いてしまえば、今日しか並んでいないという他のおかずもますます食べてみたくなってきた。

涼太が『本気でもう一食、いっとくか』と並べられた大皿を真剣に見つめていると、嶋田が『そうだ』と口を開いた。

「なら、おかずだけ詰めてもらったらどうですか？　ここは持ち帰りもやってるので、店員さんに頼めば容器にいれてくれますよ」

嶋田の話にぱぁっと顔が輝く。

おかずの持ち帰りまでさせてくれるとは、なんていい店なんだ。

「すみません」

さっそく傍《そば》にいた店員に声をかけると、慌ただしく接客していた年配の女性が『はい、なんでしょう？』と立ち止まった。

「お料理、メチャクチャ美味しいですね。すごい気に入りました」

「あら、ありがとうございます」

おっとりと笑ってみせた年配の女性は、この店の女将《おかみ》さんだろうか？

柔らかな雰囲気がこのノスタルジックな店構えに、とても似合っていた。

「こちらの総菜《そうざい》は持ち帰りができると聞いたんですが……」

「ええ、できますよ。どれがいいですか？」

「なら全部、一人前ずつお願いします」

「え？　全部って、全種類ってことかしら？」

「ええ」

こくりと大きく頷く。

まさか全種を持ち帰るとは思っていなかったのか、女性は『あらあら。ちょっと待っててください ね』と断わると、奥のカウンターに向かって声を掛けた。

「岩下《いわした》君、お客様があなたのお料理を褒《ほ》めてくださってるわよ。お持ち帰りご希望ですって」

どうやら料理を作っているのはこの女将ではなく、奥の料理人らしい。

女将が奥の厨房《ちゅうぼう》で作業していた料理人へ声をかけると、一人の男がタオルで手を拭《ふ》きながら、ひょいと顔を覗かせた。

随分と若い男のようだ。しかもすらっとして背が高く、手足が長い。

彼が厨房から出てきた途端、店内で『きゃー』と小さな歓声が上がった。

（……なるほど。これが噂のイケメン料理人か）

黒い髪をバンダナで無造作にまとめ、シャツに黒エプロンというラフな出《い》で立《た》ちであるにもかかわらず、その男は古びた店内でひどく目立っていた。

横顔をちらっと見ただけでも彫《ほ》りが深く、整った顔をしているのがわかる。

若くてイケメンで、さらに料理上手とくれば、それは美味しい物件だろう。

（あれ？　でも、なんかやけに見覚えがあるような……？）

一瞬、そう思ったのは、どうやら涼太だけではなかったらしい。

「え……？」

厨房から出てきた男は涼太の顔をまじまじと見つめると、その切れ長の目をまん丸に見開いて、ぽかんと口を開いた。

「竹内先輩……？」

「は？」

学生時代でもあるまいし、この歳になってまで自分のことを先輩と呼ぶ人間は限られている。

だが、その黒い瞳と真正面から目があった瞬間、ふっと古い記憶が呼び覚まされた。

目の前の男と記憶の中の少年の面影が、カチリと重なる。

「え……あれ？　お前……、もしかして穂積《ほづみ》か？」

すっかり成長して大人っぽくなり、記憶にあるものよりずっと精悍《せいかん》になっていたけれど、ぱっと目を引くほど整った顔立ちは忘れられない。

笑うとちょっとだけできる、左頬のえくぼも。

「はい。……ご無沙汰してます」

涼太がその名前を呼ぶと、穂積は照れたような懐かしい笑顔で、小さく微笑んだ。


「まさか主任が『タキカワ』の料理人さんと顔見知りだなんて、びっくりしましたよ」

嶋田はあこがれの料理人と涼太が知り合いだったことに、驚きを隠せなかったらしい。

店を出てからもやや興奮したような表情で話を続けていた。

「俺だって驚いたよ。地元ならまだしも、まさか東京で再会するなんてな」

「同じクラスだったとか？」

「いや、アイツは俺より三つ下だから。穂積の兄貴と俺が中学からのクラスメイトで、ガキの頃はよくアイツの家に遊びに行ったりしてたんだよ。その流れで、穂積とも一緒にゲームしたりするようになってさ」

懐かしい記憶に目を細める。

穂積と会ったのは彼がまだ小学生の時だが、そういえば彼は子供の頃から随分と整った顔立ちをしていた。

「へー。最近はあまり会ってなかったんですか？」

「ああ。俺が高校を卒業して、大学進学のためにこっちに引っ越して来てからはさっぱりだったな」

だからこそ驚いた。

涼太の記憶の中にいる穂積は、まだ学生服を着ていたのに。

小柄だった涼太よりも背が低く、全体的にひょろりとしていた穂積。いつの間にか、あんなにも背が伸びて立派な男になっているとは。

月日の流れとは、不思議なものだ。

いつもキラキラとした目でこちらを見つめていたあの頃の彼を思い出すたび、涼太は胸の奥がきゅっと締め付けられるような、甘苦しい懐かしさを覚える。

同時になんとも言えない罪悪感と居たたまれなさもセットでやってくるから、卒業後は穂積のことはあまり思い出さないようにしていたのだが。

「知り合いがやってるお店なら、なおさら気軽に行きやすいですよね」

「いや……。それはどうかな」

無邪気に喜ぶ嶋田の言葉に、涼太は小さく首を振った。

「え、どうして？」

「まぁ……色々とな」

「色々ってなにがです？」

「色々は、色々だよ」

過去に穂積とあったあれこれを、他人に詳しく教えるつもりはない。

（あーあ。久しぶりに、好みの味付けの店を見つけたと思ったのに）

ビニール袋に詰めてもらった総菜パック。これが最初で最後の持ち帰りとなりそうだ。

残念な話だが、たぶん涼太が『タキカワ』に行くことは二度とないだろう。

「だいたい自分がすごいガキだった頃のことをよく知る相手になんて、あんまり顔を合わせたくないものだろ？」

「えー、そうですか？　でも彼のほうは、主任に会えてなんだかすごく嬉しそうに見えましたけど？」

（……穂積が、嬉しそうだった？）

それはありえないと思う。

なにしろ穂積との最後の別れは、あまりいいものではなかった。

というよりも、正直、最悪だった。

その気まずさゆえに、十年以上も会っていなかったようなものだ。

店が忙しそうだったため穂積とはあまり話せなかったが、あれだけの色男に成長し、ましてや料理の腕前もいいのだから、きっと今の穂積は順風満帆な人生を送っているのだろう。

（お客さんにも、すごいモテモテだったもんなぁ）

同じ男として羨《うらや》ましい限りだ。

穂積としては、彼の苦い過去を知る涼太なんかとは、二度と顔を合わせたくなかったかもしれないが、元気そうな彼の姿を目にできてよかったと思う。

そのとき、ふとどこかから自分の名が呼ばれた気がして、涼太は足を止めた。

「竹内先輩……！」

やはり空耳ではなかったらしい。

振り向くと、駅前の人の波をかき分けるようにして、長身の男が必死に走ってくる姿が見えた。

「え……穂積？」

その人物が誰だかわかった瞬間、どきりとした。

ちょうど今、思い出していた相手がやってくるなんて。

「先輩……っ」

「あ、ああ。どうしたんだよ？」

長い足であっという間に涼太たちのいる所まで追いついた穂積は、やや息を切らしながらその手に持っていた袋をぐっと差し出してきた。

「これ……」

「あれ？　俺、なんかもらいそびれてたか？」

全ての総菜を詰めてもらったつもりだったが、なにか忘れていたのだろうかと慌てて紙袋を覗き込む。

だがそれに穂積は『いえ……』と首を横に振った。

「これはうちの商品じゃなくて、まかないの品なんですけど。よかったらと思って」

「え……？　いいのか？」

「はい。女将さんも『あれだけ食べっぷりのいい人なら是非に』って言ってくれたので」

どうやら味噌汁とご飯をおかわりした上、全種類の総菜まで持ち帰りした涼太に、おまけをつけてくれたらしい。

だからといってこの寒空の下、上着も身に着けずに走ってきた後輩の姿に、呆気《あっけ》にとられる。

「そのために、わざわざここまで走ってきたのか？」

ぽかんとしたまま思わず突っ込むと、穂積はその頬を赤く染めた。

「ええと……その、御礼もしたくて」

「礼って？」

「俺の料理、めちゃくちゃうまいって」

口にしてから、まるで自画自賛したみたいになってしまったことが恥ずかしかったのか、穂積は慌てて先を続けた。

「いやっ、あの…、あのですね。女将さんからそう聞いただけで……」

「ああ、言ったよ。本気で美味かったからな。お前、ほんといい腕してるよ。あのふろふき大根なんか、俺、一瞬で惚れ込んだもん」

素直に『そのとおりだ』と頷くと、穂積はますます真っ赤になり、口元を手の甲で押さえた。

「え……あ。そう、ですか……」

「うん。マジで美味かった」

涼太が褒めれば褒めるほど、穂積は耳まで真っ赤にして俯《うつむ》いてしまう。

その姿が、幼かった頃の彼と重なった。

(ああ……そうだったな)

昔から、穂積はかなりの照れ屋だったことを思い出した。

人から面と向かって褒められることに慣れていないのか、涼太が穂積のいいところを見つけて褒めるたび、いつも真っ赤になって俯いていた。

どうやら彼は今も変わらず、照れ屋のままらしい。

(こんな大人になっても変わらないとか、奇特なヤツ)

今では背も体つきも立派に成長して、女性たちからキャーキャー言われているだろうに。

なのに今も変わらないその純情っぷりが、なんだか愛《いと》おしくなってくる。

「主任。私、午後の会議の準備があるので先に戻りますね」

「あ……ああ。悪い」

「いえいえ。ごゆっくりー」

嶋田はそう言うと、穂積と涼太に向かって軽く頭をさげ、駅に向かってさっと歩き出した。話の邪魔をしてはいけないと気を利かせてくれたのだろうが、二人きりにされた途端、なんだかそわそわと落ち着かない気分になってくる。

「ええと……じゃあ、これ。ありがたくいただいていくわ。いくらだ？」

「いえ。それは本当にただのオマケなので。食べてもらえればそれでいいです」

「そういうわけにはいかないだろ」

新しく手渡された袋は、それなりにずっしりとした重さがある。

いくらまかないとはいえ、無償というわけにはいかないだろうと首を振ったが、穂積は頑として涼太からお金を受け取ろうとはしなかった。

「もともと新商品の試作も兼ねてるんです。使ってるのも、余った食材ばかりですし。なので気にせずどうぞ」

「でもなぁ……」

「じゃあ……その代わりに。一つ、お願いがあるんですが」

「え……ああ。もちろんいいけど……お願いって、なんだ？」

「食べた料理の、感想を聞かせてもらいたいんです」

「へ？」

「今言ったとおり、まかないは新商品の開発も兼ねてるんですよ。もともと『タキカワ』は俺の店じゃなくて、女将さんが旦那さんと二人できりもりしてる店なんですけど、今は大将が高血圧と肝臓数値が悪くて、入院中なので。俺はその繋《つな》ぎというか……」

「ああ、嶋田からちょっと聞いたよ。前は飲み屋だったけど、今はランチと総菜だけやってるって」

「はい。それで一応、作れそうなレシピは大将から教わって並べてるんですけど、自分なりのレシピも増やしていきたいと思って、今研究中なんです」

「そっか……」

「俺も将来的には自分の店を構えたいと思っていますし。そのためにもレシピの研究は欠かせないんですけど、どうにも自分じゃ味付けの善《よ》し悪しがわからなくて。できたらお客さん視点から見て、いけるかどうかを知りたいんですけど……ダメですか？」

なるほど。そういうことなら、涼太でも協力できそうだ。

「それはおやすいご用だけど……。でも俺、料理については完璧な素人《しろうと》だぞ？」

「いいんです。食べに来るのもみんな普通のお客さんばかりなわけだし。それと……もう一つお願いがあって……」

「うん？　なんだよ」

なぜか少しだけ言い淀《よど》んで視線をずらした穂積に、首を傾げる。

「あの……よければまた、お店にもきてもらえませんか？　もちろん、竹内先輩の気が向いたときで構いませんので……」

（――へ？）

「それはこっちも、願ったりな話だけど……」

涼太がそう答えると、穂積はその顔をぱっと輝かせた。

「本当ですか？」

「あ、ああ。さっきも言ったとおり、お前の料理、メチャクチャうまかったし。……でも、それでお前はいいのか？」

「なにがです？」

聞き返すと、穂積はきょとんとした顔でこちらを見下ろしてきた。

（あれ？　もしかして……こいつ、忘れてる？）

穂積と最後に会ったとき、気まずい空気のまま別れたことを。

「いや……偶然とはいえ、お前の店に俺が顔を出したことだよ。本当は嫌だったんじゃないかなーとか思ってたからさ……」

ぼそぼそと涼太が答えると、穂積はますますわけがわからないという顔をしてみせた。

「え？　ぜんぜん嫌じゃないですよ？　むしろ竹内先輩に久しぶりに会えて、すごい嬉しかったんですけど……？」

「そ、そうなのか?」

「はい」

どうやら嶋田の意見は正しかったようだ。

久しぶりの再会を穂積は純粋に喜んでおり、涼太の心配は杞憂《きゆう》らしかった。

「そっか……」

(まぁ、それもそうかもな……)

過去にどれだけ嫌な出来事があったところで、もはや十八年近くも前の話だ。

そんなに昔のことなど、覚えている方が稀《まれ》なのかもしれない。

たとえ覚えていたところで、子供時代に起きたことなど、『若さゆえの過《あやま》ち』で片づけられる程度のものなのだろう。

そう思い至った途端、なんだか拍子《ひょうし》抜《ぬ》けしてしまった。

「わかった。お前がそういうのなら、これからも喜んで店には寄らせてもらうよ」

「本当ですか?」

涼太の一言に、穂積は目をきらきらとさせている。

その懐かしい眼差しを目にした途端、涼太は肩の力が抜けたような気分になり、『ああ』と力強く頷いた。

「まぁ、オマケまでもらっちゃったら、『二度と行かない』とは言えないしな」

「えっ？　いや。そんなつもりでオマケしたわけじゃないですよ？　あの、本当に別に無理やり来させようとか思ったんじゃなくって……」

「ばか。冗談だよ」

あたふたといいわけを始めた穂積に、涼太はぷはっと吹き出すと本気にするなと笑った。

「あ……」

からかわれたことに気付いたのか、穂積が頬をかぁっと染めて目を細める。

「冗談抜きでさっきの飯、うまいなーって感動したから、これからも行っていいなら喜んでお邪魔させてもらうよ。うちの娘も、和食好きだしさ」

だがそう伝えた途端、穂積はぴたりと固まった。

「なんだよ？」

「先輩……娘さんがいるんですか？」

「ああ、一人な。これがまたメチャクチャ可愛いんだ」

「そう、でしたか……」

臆面《おくめん》もなく美空の自慢話をする涼太の前で、なぜか穂積はふっと息を吐くと、『よかった。夢を叶えたんですね』とどこか眩《まぶ》しそうな顔で呟いた。

「ん？　なにが？」

その意味が分からずに尋ねると、穂積は『いえ』と小さく首を振った。

「先輩なら、きっといいパパなんだろうなと思って」

「周囲からは、立派な親バカだって言われてるよ」

頷きながら説明すると、穂積は目を細めて微笑んだ。

笑うと少しだけ見える、片側だけの小さなえくぼ。懐かしいその優しい笑みに、涼太の胸までなぜかほかほかとしてくる。

(……また、こうして穂積と話せる日がくるなんてな)

「悪い。そろそろ俺も会社に戻らないと」

「俺こそいきなり呼び止めちゃって、すみませんでした」

「いや、俺も久しぶりに話せて嬉しかったし……。これ本当にサンキュな。また店にも寄らせてもらうわ」

「はい。……また」

オマケでもらった総菜を袋に入れ直すと、涼太は穂積に手を振った。

すると穂積はそれに負けないくらい、大きく腕を振り返した。


約束通り、その日から涼太は穂積のいる店によく顔を出すようになった。

一番奥のカウンター席が、涼太の指定席だ。

涼太が店に行くたび、穂積はひょこりと厨房から顔を出してくる。

その途端、常連客のＯＬたちから黄色い声が上がるのも相変わらずだ。

「竹内さんが来てくれると、岩下君が奥から出てきてくれるから助かるわー」

すっかり顔なじみとなった女将までそう漏らすほど、普段の穂積はあまり自分から表に出てこようとはしないらしい。

以前に一度、『お前さ、もうちょっとお客にサービスとして、ランチ時くらい表に立ってみたら？　せっかくの色男なのにもったいないじゃんか』と言ってみたことがあるのだが、穂積はひどく困ったような顔をして『……顔と料理はあまり関係ないですから』とぼやいていた。

どうやらイケメンには、イケメンなりの葛藤《かっとう》や悩みがあるらしい。

まぁ、かなり贅沢な悩みごとのようだったが。

「先輩。今日は、鴨《かも》と赤玉ねぎのカルパッチョがオススメです」

「じゃあ、それもらおうかな。あとは……そっちの豚バラ大根と、ほうれん草とコーンの卵とじで」

本日もずらっと並べられた総菜は、どれもこれも美味しそうなものばかりだ。

その中から目についた三品を選ぶと、穂積はどこかうきうきとした表情で、大盛りのご飯とともに総菜を皿に盛りつけてくれた。

「それとこれも。……次の、試作品なんですけど」

「お、サンキュ。毎度、色々悪いなー」

「いえ。先輩はお得意様ですし……。試食してもらえるので、こちらも助かってます」

顔見知りの特権か、それとも毎日のように通っていることへの御礼のつもりなのか。

涼太が店に行くたび、穂積は『内緒ですけど』といつもこっそりとオマケをつけてくれたりもする。

それが少しだけ、優越感を擽《くすぐ》るのだ。

「どれどれ……」

小麦粉をはたいて焼いたらしい鶏肉と、青ネギを散らした南蛮漬《なんばんづ》けは、適度な甘酸《あまず》っぱさがご飯によく合った。

「うまいよ、これ。胸肉なのにしっとりしてるし。タレがまた絶妙だな」

素直な感想を告げると、見ていた穂積の顔もぱっと弾《はじ》ける。

「これなら次のおかずに、いけるいける」

「そうですか。ならよかったです」

頬を少し赤らめ、照れくさそうに微笑む穂積を見ていると、なんだかこちらまで嬉しくなってきてしまう。

「好みでいえば、ほんの少しだけピリ辛にしてもいいかも」

「ああ、なるほど」

「あ、これはただの一意見だからな？　俺の好みってだけだから、他のお客さんにも聞いてみたほうがいいぞ？」

「いえ、すごい参考になります」

いい年をした男を捕まえてなんなのだが、穂積のこうした素直さは、子供の頃からあまり変わらず好ましいと思う。

料理に関してはずぶの素人である涼太があれこれ注文をつけても、ふて腐《くさ》れもせず、いつも真剣な眼差しで意見を聞いている。

その素直さが、彼が作る料理にも表れているのだろう。

「でもさ、こんなてきとうな試食で本当に役に立つわけ？」

穂積の料理はほとんど涼太の口に合うので、自分は出された料理全てに『美味しい』としか言っていない気がする。

こんな味見で本当にいいのだろうかと思って尋ねると、穂積は『もちろんです』と頷いた。

「竹内先輩は食べることが好きですよね。それだけ舌も肥《こ》えてますし、純粋に料理そのものを楽しんでくれるし。美味しかったら、ただ美味しいって言ってもらえるだけでいいんです」

「そういうもんか？」

「はい。それに竹内先輩なら、きっと美味しくないときは正直に美味しくないって言ってくれますよね。反対に美味しいときは素直に食べ尽くしてくれるので、見ていて気持ちがいいんです」

「つまり……俺は遠慮がないって言いたいんだな?」

「え、や…っ?　いえっ、違いますよ!」

ずばり尋ねると、穂積はひどく慌てたようにぶんぶんと首を振りながら、さあっと顔を青ざめさせた。

「あの、本当にそういう意味じゃなくて……」

「ばか。冗談だってば」

そこまで必死にならなくてもいいのに。

自分のたった一言で赤くなったり、青くなったりと忙しい後輩に、涼太がぷっと吹き出すと、穂積はぽかんとした顔でこちらを見つめてきた。

「別に毎回お世辞で言ってるわけじゃないから、安心しろよ。お前の味付け、本当に俺好みなんだよな。もう昼飯はここじゃなきゃダメってぐらい、メチャクチャ惚れてるわ」

言いながら『な?』と首を傾げると、穂積は一瞬ぽけっとした顔で黙り込んだ。

「穂積?」

「えっ…あ、あ!　はい」

次の瞬間、穂積はその顔をぶわわと真っ赤に染めると、赤くなった顔を手の甲で隠すようにして俯いた。

「……あ、ありがとう…ございます……」

小さな声で、それでも律儀にぼそぼそと礼をいう横顔がいじらしい。

(本当に褒められなれていないやつだなー)

まぁ、そこが彼の可愛いところではあるのだが。

「あ、あの。俺……お茶、持ってきますね」

「え、お茶ならまだあるけど?」

「……っ、淹れ直してきます!」

言うが早いか、穂積は猛ダッシュで厨房へと駆け込んでいった。

どうやら照れた顔をこれ以上涼太に見られたくなくて、逃げたらしい。

(マジで可愛いヤツだな)

自分より一回りも大きい成人男子を捕まえて『可愛い』というのはなんだか違う気もするが、
正直な話、穂積はある意味とても可愛いと思う。

あんな穂積の可愛らしい一面を知ったら、客の女性たちはもっとキャーキャー言うのではなかろうか。

「ほんと、変わってないなー……」

思わずふっと口元を緩《ゆる》めると、涼太は替えのお茶がやってくるまで、ゆっくりと残りの料理を楽しんだ。

「パパ、おかえりー」

「みーちゃん、ただいま。今日もいい子にしてたかー？」

古い玄関のガラス戸をカラカラと横に開くと、娘の美空《みそら》がひょこりと中から飛び出してきた。

その身体を抱き寄せると、ふんわりと甘い香りが漂《ただよ》ってくる。

どうやら今日のおやつは、美空の好物であるホットケーキだったらしい。

「竹内《たけうち》、お帰りなさい」

「敬一郎《けいいちろう》、今日もありがとうな」

美空の後に続いて顔を出したのは、学生時代からの友人である山沖《やまおき》敬一郎だ。敬一郎はいつも笑顔を絶やさないおっとりとした男で、涼太《りょうた》の知り合いの中でもトップクラスのお人好しである。

翻訳家として在宅勤務している彼は、時折大学の教壇に立つこともあるものの、勤務時間はかなり自由になるため、涼太の仕事が忙しいときはこうして美空を預かってくれるのだ。

おかげで涼太も安心して、働くことが出来ている。

「今日はいつもより、帰りが早かったんですね」

「ああ。出先から直帰してきたんだ。ここんとこ残業続きだったからな」

「なら夕飯はうちで一緒に食べていきますか？　もう少しでナツさんも帰ってくると思うので、鍋にでもしようかと……」

敬一郎は現在、この家に恋人と二人で暮らしている。

紆余曲折《うよきょくせつ》を乗り越え、ようやく同棲にまでこぎつけた恋人とは仲がよく、独り身の涼太は当てられてばかりだ。

「いやー、なっちゃんと水入らずのところを毎回邪魔するのも、なんか悪いしな。お前こそ、たまにはなっちゃんと二人きりの時間を楽しんだら？」

あまり邪魔ばかりするのもどうかと思って告げると、敬一郎は『今さらですよ』と苦笑を零《こぼ》した。

「まぁ、そうなんだけどさ。ここ最近はおかずも充実してるから大丈夫かなと」

「おかずって、買ってきてるんですか？」

「うん……そうだ。そのことなんだけどさ。敬一郎は岩《いわ》ちゃんの弟のこと覚えてないか？　ほら、中学から高校まで一緒だった岩下拓真《いわしたたくま》の弟で……」

「ああ。たしか穂積《ほづみ》君でしたっけ？　何度か岩下の家でみんなと遊びましたよね」

「そうそう。その穂積と先日、偶然ばったり会ってさ」

伝えると、敬一郎は『え？』という顔をして目を見開いた。

「あいつ、うちの会社近くの小料理屋に勤めてたんだよ」

説明すると、敬一郎は『それは……また、すごい偶然ですね』と呟いた。

「俺もすげーびっくりした。最近、その店の総菜に俺も美空もすっげーはまってて、よく買ってきてるんだ」

「そうなんですか。……でも確か、穂積君って……」

「うん？」

敬一郎がなにかを思い出したように口を開いたその瞬間、ガラッと後ろの玄関が勢いよく開いた。

「あれ、なんだよ。みんなして玄関先で集まって、なにやってんの？」

現われたのは、この家のもう一人の住人である飯倉夏生《いいくらなつき》だ。

「なっちゃん！　おかえりー」

「おう、美空。ただいま」

夏生が帰ってきたと知るやいなや、涼太の腕の中にいた美空が飛び降りるようにして、自分から夏生に抱きついていく。

その歓待《かんたい》ぶりときたら、ささやかなお迎えだった涼太のときとは雲泥《うんでい》の差である。

仕方がない。美空は夏生のことが大好きなのだ。

美空曰《いわ》く、『なっちゃんは美空の髪、すごく可愛くしてくれるよ？』とのことらしいが、夏生は現役の美容師であって、不器用な涼太が敵《かな》うレベルではない。

（うう……でも、パパはちょっぴり寂しいぞ？）

「ナツさん。この前、お帰りなさい。外は寒くなかったですか？」

「うん。敬一郎さんからもらったマフラーもちゃんとしてったしな」

恋人が帰ってきた途端、敬一郎の顔が横で見ていてもわかるぐらい、ふにゃりと蕩《とろ》けるのが見えた。

鼻の下が伸びきった友人の姿を見るのは情けないが、これまで敬一郎の恋愛がうまくいったためしがないことを知っている身としては、少しくらいは見て見ぬフリをすることにしている。

（ま、二人とも本当にいいやつだからな）

そう思うのは、別に娘の面倒を見てもらっているからだけではない。

おっとりとしてる割に情に厚い敬一郎も、どこかひねているように見えて、実は根が素直な夏生も。

涼太にとっては、今ではどちらも大切で欠かせない友人だ。

たとえ敬一郎と夏生が、男同士で夫婦同然のような暮らしをしていようとも、二人が幸せならそれでいいと心からそう思っている。

「つーかさ。こんなとこでいつまでも話してないで、とっととあがろうぜ。寒いだろ」

「いや、今日はまっすぐ帰ろうかなと思ってたところで……」

涼太が辞退しようとすると、夏生はきょとんとした顔でこちらを見つめてきた。

「なんで？」

「んー。いや……美空の面倒を見てもらってるのに、毎回食事までお邪魔すんのもどうかなと思ってさ」

「はあ？　んなの今さらじゃん」

さきほどの敬一郎と同じように、『そんな遠慮いるかよ』とあっさり一蹴《いっしゅう》されてしまう。

まったくもって、似合いの二人である。

「いいから、飯ぐらい一緒に食おうぜ。今日は鍋だっていうし、ケーキも買ってきたからさ」

「わーい。ケーキケーキ」

夏生の言葉に、美空が手を叩いて喜んでいる。

どうやら夏生が買ってきたおみやげのケーキには、美空と涼太の分まで含まれているらしい。

美空を預かってもらった日は、みんなで一緒に夕食をとる。そんな形がすっかり定番になってしまっていることをありがたく思いながら、涼太は『んじゃ、今夜もお邪魔します』と夏生に続いて靴を脱いだ。

「じゃあこのおかずって全部、その後輩君が作ってるのか。っていうかこのエビ、すっげーうまいな」

言いながら、夏生は大きなエビをぱくっと口の中へと放り込んだ。

「あ！　なっちゃん。そればっかり食べ過ぎるなよ。俺もそのエビ炒め、まだ食ってないっつーの」

「竹内さんは、さっきからがつがつ鍋を食っててんじゃんか」

「それとこれとは別」

きっぱり言い切ると、夏生はやや呆れたような顔で肩を竦めた。

「ったく、相変わらず食い意地はってんなぁ。それだけ食べたものは一体どこに消えてんだよ？」

「さぁ」

自分でも知りたいくらいだ。

鍋を御馳走《ごちそう》になる御礼代わりにテーブルへと並べられた『タキカワ』の総菜は、今日もまたどれもすばらしく美味しかった。

美空はもちろん、敬一郎も夏生も箸《はし》が進んだようで、あっという間に皿が空になっていく。

「たしか岩下の家って、祖父《じい》さんの代から弁護士一家だっただろ。親がすごい教育ママでさ。

それでよく穂積が料理人になること、許してくれたよな」

「ああ、そうでしたね。岩下も穂積君も、小学校から家庭教師がついてたはずですよ」

「拓真のほうはちゃんと弁護士になって、実家を継いだらしいぞ。一昨年《おととし》、子供も生まれたって穂積が言ってた」

「そうでしたか。本当に時間が過ぎるのは早いですよね」

「だなー」

敬一郎と二人、懐かしい高校時代の思い出話に花を咲かせていると、なぜか隣で同じように鍋をつついていたはずの夏生が、どこか複雑そうな表情を浮かべているのが見えた。

「ナツさん、どうかしましたか？」

そのことにいち早く気付いたのは敬一郎だ。彼が恋人に声を掛けると、夏生は『いや…』とその先を濁《にご》した。

「言いたいことがあるなら、遠慮なく言ってくださいね」

「そうだぞ、なっちゃん」

もともと根は素直な夏生だ。

敬一郎と涼太の二人から食い下がられた夏生は、がしがしと頭の後ろを掻《か》きながら、ちょっとだけ拗《す》ねたように口を開いた。

「別に……ほんとたいしたことじゃねーんだけど。そういう話とか聞いてると、なんだかやっぱ幼馴染みっていいよなーって思ってさ」

「そうですか？」

「うん。子供の頃の思い出を語れる相手が大人になってもいるのって、すげーよ。俺なんかそんな相手一人もいねーもん。施設にいた頃一緒だったやつらは、みんな出たり入ったりで今じゃどこにいるのかもよくわかんねーし。まぁ……施設のことで話したいような思い出なんてあんまりないけどさ」

夏生は施設育ちなのだと、以前、本人からちらっと話を聞いたことがある。

彼のどこか斜《しゃ》に構えたような態度は、世知辛《せちがら》い世間を渡ってきた中で培《つちか》われたものなのだろう。

そんな夏生をよく知る敬一郎は、少しだけ寂しそうに笑って答えた恋人の言葉に、心打たれるものがあったらしい。

敬一郎は突然箸を置くと、その両手で夏生の手を握り締め、至近距離から恋人の顔をじっと覗きこんだ。

「ナツさん……」

「な、なんだよ？」

「これからは、僕と一緒にたくさんの思い出を作ってくれませんか」

いきなりなんの話かと驚きつつも、真剣な眼差しの敬一郎に気圧《けお》されるようにして、夏生は

こくりと小さく頷いた。

「お、おう…」

「日本でも、もちろんニューヨークでもです。そしていつか年を取ったら、たくさんの過去を振り返って、一緒に思い出を語り合いましょうね」

「……うん。そうだな」

まったく。食事時だというのに、本気で暑苦しいカップルである。

二人のそんな姿などとっくに見慣れているのか、美空は気にもせずに皿をつついていたが、子供の前ではあまりいちゃつくなと言ってやりたい。

「おい……そこのバカップル。ラブラブするのは結構だけど、それ以上は俺たちが帰ってからにしてくれよ?」

呆れ交じりに涼太が呟くと、夏生と敬一郎は少し顔を赤らめながら、慌てたようにぱっと手を放した。

(やれやれ。仲が良くて羨《うらや》ましい限りだね)

二人がつきあい始めて一年。一緒に暮らしだしてからはそろそろ半年近く経《た》つというのに、いつまで経ってもその恋の熱は冷めないらしい。

肩を竦《すく》めつつ涼太が残っていた鍋の具を全てさらうと、敬一郎が締めのうどんをそそくさと鍋に入れてくれた。

それをありがたく箸でかき混ぜながら、涼太はふと今の会話を思い返して、口を開いた。

「ところでさ。……ニューヨークって、一体なんの話だ？」


昼休みにいつものごとく社を抜け出した涼太は、穂積のいる店へと足を向けた。

だが今日に限っていえば、その足取りは重い。お腹は空《す》いているはずなのだが、頭の中は悩みごとでいっぱいで、なんだか何も喉《のど》を通る気がしない。

（ほんと、どうしたもんかね……）

ここにきて、いっきに色々な問題が浮上してきたことを思い出すと、自然と溜め息が零《こぼ》れ落ちていく。

店に入ろうとしたそのとき、ぽんと肩を叩かれて、振り向くと部下の嶋田《しまだ》が立っているのが見えた。どうやら彼女も、今日は『タキカワ』で食事をするつもりらしい。

「主任も『タキカワ』ですか？」

「おう。おかげさまで、あれからしょっちゅう通ってるよ」

「本当に気に入ったんですねぇ」

そのまま嶋田と二人揃って店に入る。いそいそと中から出てきた穂積は、涼太の姿を見かけると、口元をほころばせて手を上げた。

だが嶋田の存在に気付いた途端、さっとその手を下ろしてなぜか神妙な顔つきになってしまう。

（……なんだ？）

「いらっしゃいませ」

穂積は整った顔ににこりとした笑顔を貼り付けると、『こちらにどうぞ』と二人をカウンター席へと通してくれた。

「あーん。どれも美味《おい》しそうですね。今日のオススメってなんですか？」

「ありがとうございます。オススメは水餃子《すいぎょうざ》と、焼きなすの生姜餡《しょうがあん》ですね。寒《かん》ブリの炙《あぶ》り焼きも、脂《あぶら》が乗ってて美味しいと思いますよ」

（……なるほどな。嶋田がいたからか）

そつのない笑顔で彼女の質問にすらすらと答える穂積は、涼太が知るいつもの子供っぽい表情よりも、ずっと大人びて見えた。

かっこつけと言われればそれまでだが、やはり綺麗な女性の前では少しでもいい顔を見せておきたいのだろう。

（ま、俺としてはいつもの純情照れ屋君なほうが、可愛いと思うけどな）

余計なお世話かもしれないが、穂積は整った顔をしているせいか、そうやってよそ行きの表情をしていると、どこかホストっぽくも見えてくる。

まぁそれが、女性陣には受けているのかもしれなかったが。

穂積のオススメに従って本日のおかずをいくつか頼むと、すぐに綺麗に盛りつけられた盆《ぼん》が、二人分出てきた。

付け合わせのお新香《しんこ》は大根の浅漬けだ。桜の形に切り抜かれた大根はうっすらと紅色に色づけられていて、見た目にもとても美しかった。

（やっぱ綺麗だよなぁ……）

それを見ているうちにまた頭の中を占めていた問題を思い出してしまい、深い溜め息が知らず知らずに零れ落ちていく。

「主任？　どうしたんですか？　もしかして苦手な食べ物でもありました？」

漏らした溜め息を聞き逃さずに、嶋田が不思議そうな顔で尋ねてくる。

「いや、そういうんじゃないけど……」

「そういえば今日はずっと、会社でも暗い顔してましたよね。もしかして、美空ちゃんのことでなにかありました？」

たとえ悩みがあったとしても、仕事中は表に出さないのが立派な社会人というものだ。

なのに部下に悟《さと》られて心配されるなど、自分は人間が出来てないなと情けなくなってくる。

「……俺、そんなに不機嫌そうだったか？」

「いえ。私は主任のデスクの近くなので、随分と今日は溜め息が多いなーって気が付いただけです。仕事に関してはいつもどおりバリバリこなしてましたよ？」

そう言って嶋田は慰《なぐさ》めてくれたものの、涼太の心はまるで晴れそうになかった。

「悪い。今後は気を付ける。……急に、いろんな問題がどっときてさ」

「問題ってどんなことです？」

「実は……いつも美空の面倒を見てくれてる友人が、来月から三ヵ月ほど海外にいくことになりそうで……」

「あら」

敬一郎たちの家で、先日聞いた話のあらましはこうだ。

美容師の夏生が、仕事先の研修で三ヵ月ほどニューヨークに行くことになった。

夏生は三ヵ月間だけの話なので、一人でも大丈夫だと言っていたけれど、敬一郎はできればついていきたいらしい。

たしかに海外留学経験のある敬一郎が一緒についていけば、海外でも安心だとは思う。

ニューヨークの治安はあまりよくないと聞くし、英語がろくに話せない恋人を、三ヵ月も一人で放って置くのは心配だという気持ちもよく分かる。

なにより敬一郎自身が、夏生と離れがたいのだろう。

それはそれで勝手にしてくれという話なのだが、問題は美空だ。

これまで涼太の帰りが遅い日は週に三日ほど、敬一郎が美空のお迎えと預かりをしてくれていたが、その間は別の人間に頼まなければならなくなる。

どうやら敬一郎と夏生は、そのことをひどく気にしているようだった。

だがそれぐらいどうとでもなる。これまでずっと敬一郎たちには世話になりっぱなしだったのだ。

短期のベビーシッターを頼むぐらいできるし、実際に今、業者に探してもらってもいる。

しかし涼太の頭を悩ませている問題は、それだけではないのだ。

「それからもう一つ。こっちの方が大変なんだけど……、嶋田さんはさ……」

「はい」

「タコさんウィンナーって、作れるか？」

溜め息ついでに尋ねると、嶋田は一瞬なにを聞かれたのかよくわからないという顔をして、

『はい？』と首を傾《かし》げた。

「できないなら、ウサギさんリンゴでもいい……」

「いきなりなんの話です？」

「いや、今時の弁当って、みんなどんな感じのもの作ってるのかと思って……」

「もしかして……娘さんのお弁当の話ですか？」

言い当てられて、こくりと頷く。

「弁当ブームって、なんなんだよ……」

涼太の目下《もっか》最大の悩みは、まさにそこにあった。

昨夜《ゆうべ》、会社帰りに慌てて幼稚園へ美空を迎えに行ったとき、涼太は美空の担任から呼び止められた。聞けば少し話があるという。その瞬間、嫌な予感はしたのだ。

こういうときに、あまりいい話で呼び止められることは少ない。

まだ園庭《えんてい》で遊んでいた美空を他の先生に任せて教室へ入ると、担任の若い先生は、にこにこと笑いながら頭をさげた。

「美空ちゃんパパさん、今日はお忙しいところ呼び止めてしまってすみません」

「いえ。こちらこそ、いつも美空がお世話になっております」

「いえ。美空ちゃんはすごいしっかりしているから、クラスでもお姉さん的存在でこっちも助かってるんです。支度が遅い子のお手伝いなんかもちゃんとしてくれますし」

「そうですか」

そう聞けば、父親としては誇《ほこ》らしい限りだ。

ほっとして胸を撫で下ろしたところで、担任の教員は少し言いにくそうに口を開いた。

「ただ実はちょっと、お話がありまして……」

「はい。なんでしょう?」

「今日、美空ちゃんがお弁当を忘れてきまして」

「え?　お弁当の日って、たしか第一と第三の金曜日でしたよね?」

「今月から予定が変わったんです」

普段は幼稚園では給食が出るのだが、月に何度かはお弁当の日というのがあり、毎回四苦八苦《しくはっく》しながら涼太もお弁当を用意している。

「うちの幼稚園では、できれば幼いうちから家庭の味を覚えて欲しいということで、これまで月に二回だったお弁当の日が、今月から週に一度になったんです」

「そう……なんですか」

寝耳に水の話だった。

これまで月二回でもかなり苦労していたのに、それが月四回にも増えただなんて、考えただけで頭の痛い話である。

「先月の保護者会のときにご説明はしたのですが、美空ちゃんパパは……たしか仕事でおやすみでしたよね。一応、プリントもお渡ししたんですが」

「……申し訳ありません。確認不足でした」

言葉がなかった。ものすごい失態だ。

ここ最近、仕事の忙しさにかまけて、園から配られるお知らせプリントにきっちり目を通すことも忘れていたらしい。

たとえ片親であっても、娘に切ない思いだけはさせまいと決めていたのに。

「今日は他にもお弁当を忘れてきた子が数人いたので、こちらでお弁当を用意させていただきました。美空ちゃんもちゃんと食べていましたから、ご心配なく」

「本当に申し訳ありませんでした」

「それとこれは少し……余計なことなのかもしれませんが……」

「なんでしょうか。この際、気になることがあったら遠慮なく言ってください」

シングルファーザーだからといって、子育てに手抜きをしたくはないし、されたくもない。娘のことはなによりも一番に考えていくつもりでいるのだ。

「美空ちゃんのお弁当のことなんですけれど……」

「はい」

「できたらほんの少しだけでいいので、可愛くできませんか？」

予想外の話に、目を瞬《しばたた》かせる。

「ええと。……可愛く、というのは？」

「これも賛否両論あるんですけど、今のお弁当って結構みんな凝《こ》ってるんですよねー」

「はぁ」

「子供たちも見せ合いっこしたり、おかずを交換こするのがブームみたいで。……ええと、キャラ弁ってわかりますか？」

「ああ、はい。なんとなく……」

「今のお母さん達って、すごいこだわりがある方が多いんですよ。そんなに凝らなくても、たとえばウサギさんリンゴとか、タコさんウィンナーとか、簡単な物でもいいと思うんですけどねー」

ウサギさんリンゴに、タコさんウィンナー……。

これまで気にしたこともないラインナップに、目眩《めまい》がした。

「園としては行き過ぎな行為はもちろん禁止にしてるんですが、子供たちが喜ぶなら……と、お弁当に関しては黙認してるんです」

「はぁ……」

「そんな中で、美空ちゃんのお弁当はその……わりと実質的といいますか……」

「ああ。たしかに華はないですよね…」

なんと言っても、月に二回お弁当を作るだけでも精一杯なのだ。

プチトマトやブロッコリーでなんとか彩《いろど》りを誤魔化《ごまか》している涼太には、とても見映えにまでは手が回らなかった。

「勘違いしないでくださいね。それがダメってわけじゃないんです。ただ……なんとなく最近、美空ちゃんがお弁当タイムになると寂しそうにしてるのが気になりまして。お友達と交換ことかしてるのも見かけませんし」

「そう……でしたか」

「あの、本当にダメとかじゃないですからね。美空ちゃんパパは、お一人でもすごいイクメンさんだなって思いますし。美空ちゃんも明るくていい子ですし。なので、本当におせっかいな話かもとは思うのですけど……」

ショックを受けている涼太を見て、担任の教員は慌ててフォローをいれてくれたが、もはや涼太の耳には届いていなかった。

（娘の様子にも気付いてやれない父親のくせに、どこがイクメンだよ）

園で立て替えてもらった弁当の代金を支払い、美空を連れて幼稚園を出たあとは、どうやって家に帰ってきたのかすら、あまり覚えていない。

その後、簡単な夕食を食べさせ、美空を風呂に入れて寝かしつけた後で、さっそくネットでキャラ弁について検索した涼太は、そのままパソコンの前で撃沈した。

（……あれらは本気で、弁当なのか？）

ネットで取り上げられた色とりどりの弁当には、クマやウサギさん、アニメのキャラクターを象《かたど》った写真が、たくさん並べられていた。他にものりやチーズを使って、ちょっとした文章や、イラストまで細かく再現された弁当もあった。

もはや芸術の域だと賞賛したい。

涼太は美空を愛している。それはもう、疑いようもなく。

しかしだからといって、あんな弁当を毎回作れるかと聞かれたら、それには首を傾げざるを得ない。

なにしろ自慢ではないが、自分は徹底的に不器用なのだ。

芸術的センスも皆無と言っていい。子供の頃から頭だけはそこそこ良かったものの、図工や技術関係に関しては、毎回地を這うような成績だった。

大人になればそんなことは気にせずに、自分の得意分野だけで生きていけると思っていたのに……。

まさかこの年になっても、美術的なセンスが求められることになるとは……。

しかもその対象は弁当なのだ。

「つまり、娘さんの弁当づくりで困ってると」

「……俺だって、できることなら可愛く仕上げてやりたいけどな。こればっかりはなぁ。一応、栄養バランスは考えてるつもりなんだけど……」

おかずはどうしても冷凍食品に頼りがちだが、今時の冷凍食品は実に良くできている。

お弁当用に作られたブロッコリーの塩ゆでとか、解凍すればいいだけのオムレツやからあげ。なるべく自然派で無添加のものを選んでお弁当箱に詰めてはいるものの、彩りなどについては正直まったく自信がなかった。ましてや可愛らしさなど無縁だ。

「嶋田さんは弁当作りって得意か？　何かアドバイスとかあれば……」

「あの……主任は私がこれまで、一度でも会社にお弁当を持ってきたのを見たことがありますか？」

「……ないな」

「つまりはそういうことです」

「そうか…」

どうやら嶋田も不器用人間の一人らしい。

というよりも、営業部は仕事が忙しすぎるのだ。

涼太も今でこそ内勤に回してもらった上に、シングルファーザーということで少し早めにあがらせてもらってはいるけれど、若手の時は外回りや接待ばかりで帰宅が午前様ということも少なくはなかった。

まぁ、そのせいで妻からは愛想《あいそ》を尽かされてしまったわけだが。

終電近くに帰る毎日では、自炊をする暇などほとんどない。弁当までとても手が回らないのも頷ける。

そのときふと嶋田が『そうだ』と顔を上げた。

「あの……岩下さんなら、ウサギさんリンゴも作れますよね？」

カウンター越しにいきなり話を振られた穂積は『え？』と一瞬驚いたような顔を見せたものの、『ちょっと待っててください』と厨房へと戻っていった。

「あの……ウサギさんリンゴって、こんな感じですか？」

しばらくして戻ってきた穂積がカウンター越しにことりと並べた皿には、まさしくリンゴで作られたウサギが鎮座《ちんざ》していた。

「わ……」

しかもただのウサギではない。赤い耳には蝶《ちょう》の形の飾り包丁がいれてあり、その耳が立つようにくるっと巻かれている。よく見ればまるっこいしっぽのオマケ付きだ。

「すごーい。こんな可愛いウサギリンゴ、私初めて見ました」

嶋田はもちろん、涼太もその立派な出来映えに目を見張る。

「いや、マジで尊敬するわ。本職にこんなこと言うのは失礼かもしれないけど。お前、本当に上手だなぁ」

「なんだか、勿体《もったい》なくて食べられませんね」

二人揃ってその腕を褒《ほ》め称《たた》えると、穂積は思い切り照れたように頬を染め、その口元を押さえた。

（……そうだ。この男がいたじゃないか）

「穂積」

名前を呼びながら、目の前の穂積の手をぐっと摑《つか》む。

いきなり手を摑まれたことに驚いたのか、穂積があわあわと落ち着かない様子を見せたが、この際そんなことにかまってなどいられなかった。

「は、はい？　……なんでしょう？」

「お前……タコさんウィンナーも作れるか？」


チャイムの音に気付いてマンションの扉を開けると、そこには見るからに緊張した面持《おもも》ちの穂積が立っていた。

「いらっしゃい。休みのところ、わざわざ来てもらって悪いな」

「いえ。あの、お邪魔……します」

「うちのマンション、すぐに分かったか？」

「はい。書いてもらった地図が分かりやすかったので……」

スリッパをすすめると、穂積は恐る恐るといった感じで、靴を脱いで中に上がり込んできた。

「みーちゃん、美空。お客さんだぞ」

名を呼ぶと、リビングでアニメの映画を見ていた美空は、ぴょんとソファから降りて立ち上がった。

「こんにちは。ふたば幼稚園ももぐみ、たけうちみそらです」

『挨拶《あいさつ》はちゃんとしましょうね』と幼稚園で教えられているとおり、美空は大きな声で挨拶すると深く頭を下げた。

「こ、こんにちは。……ええと、小料理屋『タキカワ』の岩下穂積です」

それに釣られて、穂積も慌てて深々と頭を下げる。

律儀《りちぎ》にも幼稚園児と同じような挨拶を返そうとする穂積は、色男形無《かたな》しと言った様子だったが、それが妙に微笑ましかった。

「『タキカワ』って、おかずのおみせの？」

いつも総菜をいれてもらう袋に書いてある店の名前を、覚えていたのだろう。

「そうそう。美味しいって美空もよく食べてるだろ。あの料理は、このお兄ちゃんが作ってくれてるんだよ。なぁ、穂積」

説明すると、美空は『へぇ』と目をきらきらと輝かせた。

どうやら涼太と同じで、美空も食べ物には目がないらしい。

「ほづみ、ん？」

「え……？」

「ああ、穂積君だと呼びにくいのか。ほっちゃんてのも変だしな……」

五歳を過ぎてなんでも話せるようになった美空だったが、まだどこか舌っ足らずなところがある。そんな美空を考慮して、穂積は『俺は別に呼び捨てでもいいですけど…』と言ってくれたが、さすがに三十男を摑まえて、幼稚園児が呼び捨てというわけにもいかないだろう。

「それならいっそ、ほづみんでいいか？」

「ほづみん……」

少し失礼な呼び名かなとも思ったが、美空はともかく、穂積もなぜか妙ににこにこして『はい』と頷いている。どうやら気に入ったらしい。

妙齢《みょうれい》の若い女性の前ではカッコつけたがる穂積も、子供の前ではあまり気にならないようだ。それにホッとしながら、涼太はリビングから繋がっているキッチンカウンターへと穂積を案内した。

「すごい。広くていいキッチンですね」

ここのマンションの売りでもあった、欧風のカウンターキッチンは、石造りでかなり広い。オーブンと食洗機までついた流し台の他に、コンロは四口あって料理しやすいのが特徴だ。

「っていっても、ほぼ使えてないから宝の持ち腐れだけどな」

「あの……失礼ですけど、奥さんは？　あまり料理はされないんですか？」

「ああ、言ってなかったっけ？　うちはとっくに離婚してんの。今ここに住んでるのは俺と美空だけだよ」

「え……」

寝耳に水の話だったらしく、穂積は持ってきたキッチンバッグを手にしたまま固まってしまった。

「そうじゃなかったらわざわざお前を呼び出してまで、料理指南なんて頼まないって」

日曜日はオフィス街の休みにあわせて定休日だという穂積に、マンションへ来てもらった理由は他でもない。

ヘタクソなりに、少しは料理の腕前を磨《みが》こうと思い立ったからだ。

せめて美空のお弁当だけでもなんとか可愛くしてやりたい。そう思い、恥を忍んで穂積に指南役をお願いしたのだ。

「それは別にいいんですけれど……。すみません、俺……離婚してたとか、まったく知らなくって」

「ああ、いいよ。シングルファーザーなんて今時、珍しくもなんともないだろ？　ただ料理だけはいつまで経ってもほんとオンチでさ。最初は料理本買ってみたり、ネットで調べたりもしてたんだけど……。『塩少々』ってどれくらいだよ？　『中まで火が通ったところで』ってどうやって中を見るんだよって、もう匙《さじ》投げ状態。分からないから調べてんのに……」

おおざっぱな涼太には、適量という言葉が一番理解できなかった。

適量にしたつもりがしょっぱ過ぎたり、外は焦《こ》げているのに中は生焼けだったりと、これまで数々の失敗を繰り返してきた。そうしてある日、悟ったのだ。

――人には、向き不向きがあるのだと。

だが今回ばかりはそうも言っていられない。せめてウサギさんリンゴとタコさんウィンナーをマスターしなければ、娘に合わせる顔がなかった。

「というわけで、美空のためにもよろしく頼む」

深々と涼太が頭を下げると、その横で美空も一緒になって『ほづみん、おねがいします』とぺこりと頭を下げた。

「……わかりました。なんとか可愛いお弁当をマスターしましょう」

二人からのお願いを受けてこくりと頷いた穂積の顔は、今までにないくらい真剣で、頼もしかった。


「このあたりで、先ほど用意しておいた液をひとすくいお玉からフライパンにそっと流し入れて……液が固まってしまう前に、お玉の背を使ってぐるーと中心から円を描くように、広げていきます」

「なるほど…」

「ここで火が強すぎると焦げ付いたり、綺麗な形にならないので。油を入れてからは特に火加減に注意です」

「ふむふむ」

穂積の指先は危なげなく、実に簡単そうにフライパンの中心に綺麗な円を描いてみせた。

説明しながらさくさくとオムライスの薄焼き卵を形作っていく姿は、さすが本職なだけあって、手際がいい。

本当はレストランで食べるようなふわふわとろとろの卵を作りたかったのだが、あれは初心者には難しいということで、却下されてしまった。

卵の薄皮でケチャップライスを包み込むだけのオムライス。それならば涼太にもできるはずだと思ったのだが……実際、やってみるとこれが難しい。

「周りから、そっと竹串をいれてひきあげて……」

「あ、ああ。破けたっ」

穂積の説明どおりの手順でやったはずなのに、気が付けば卵の皮はあちこち千切《ちぎ》れて穴が空いている。

（なぜだ……）

穂積が焼いたものと同じ液体を使っているというのに、どうしてこうも焼き上がりが違ってくるのだろう？

貧相《ひんそう》によれた円になった涼太の薄焼き卵は、最終的には穴ぼこだらけで見るも無惨《むざん》な形に仕上がった。

「パパのは、穴が空いてるね」

「……空いてるな」

「ほづみんのは綺麗だね」

「……綺麗だな」

娘の無邪気なツッコミが、胸に突き刺さる。

思わず遠い目で復唱すると、隣にいた穂積が小さく咳《せ》き込《こ》んだ。

なにかを堪《こら》えるようにしてこちらに背を向けてはいるものの、その背が小刻みに揺れているのが分かる。

「……穂積。笑いたいなら、無理すんな」

「い……いえ、そんな……」

そんなことないですよと言いながら、耳まで真っ赤にしている姿が、少し憎らしくなってくる。

(ちくしょう！　どうせ俺は不器用ですよ！)

ウサギさんリンゴに、タコさんウィンナー。どれもこれも穂積からひとつひとつ丁寧に教えてもらったはずなのに、自分でも『……なぜにこうなった……？』とつっこみたくなるくらいのできあがりに、目眩《めまい》を覚えそうになる。

タコの足を四つにしてもひどい仕上がりで、美空には『ええと、宇宙人さんかな……？』と恐る恐る問いかけられたほどだ。

唯一、涼太でもなんとかクリアできたのは、大根とニンジンの型抜きくらいだ。

薄く輪切りにしたニンジンや大根を、桜の形をしたクッキーの型で抜くという作業で、これは美空も手伝ってくれた。

「あの……さくらは、パパが一番上手だったよ？」

「……みーちゃん、ありがとうな。でもそうやって慰められると、パパは却って切なくなるというか……」

五歳児の娘にまで慰められてしまい、がっくり肩を落とすと、とうとう耐えきれなくなったのか穂積がぶほっと大きく息を吐き出した。

「す、すみませ……」

「いいよ。好きに笑えよ。おかしいんだろ」

「いいえ。おかしいって……いうより、なん……かっ、すご……微笑ましくて……」

それが、目尻に涙まで溜めていうことか。

色男はなにをしても様になるらしく、そうやって笑いを堪えていても穂積はかっこよく見える。

顔が良くて、背が高くて、料理も上手だとか。

この差はいったいなんなんだ。まったくもって人生は不条理だ。

その後も穂積とともになんとかオムライスを形づくると、脇には耳の取れかかったウサギさんリンゴや、宇宙人に似たタコさんウィンナーを添えた。

他にも簡単なゆで卵でのトッピングや、黒ゴマやのりを使っての顔付けを教えてもらい、美空も混ざってわきあいあいとした食卓ができあがっていく。

「ほづみん、ほづみん。ケチャップでねこさんかける？」

「はい」

敬一郎の家にいるときならまだしも、このマンション内で美空のこんな嬉しそうな笑い声を聞いたのは久しぶりだ。

それだけでも穂積に無理をお願いしてみて、よかったなと思う。美空も優しい穂積にすっかり懐《なつ》き、まるで従兄弟《いとこ》のお兄ちゃんのように慕《した》っているのが窺える。

（ほんと杞憂《きゆう》だったな……）

再会したばかりの頃、穂積から『二度と会いたくなかった』と言われるのではないかと思っていたのが嘘みたいだ。

夕食後には、三人でゲームもした。

穂積と一緒に遊んだのがよほど楽しかったのか、美空はいつもの時間が過ぎてもなかなか寝ようとはしなかった。それでも強引にベッドへと押し込むと『ほづみん、また遊びに来てね』と穂積に何度も約束してから、ようやく眠りについた。

その幸せそうな寝顔に、胸の奥がほんわかと温かくなる。

「じゃあ……俺もそろそろひきあげますね。長居してしまってすみませんでした」

「いや、こっちこそ引き留めちゃって悪かったな。美空があんまりにも嬉しそうでさ。ほんと、今日はありがとう」

夜遅くまで引き留めてしまったことを詫《わ》びると、穂積は小さく笑って首を振った。

「いえ。こちらもすごく楽しかったですから。どうせ家では一人きりですし、料理なんて作ったところで、他に誰も食べてくれないから余るばかりで……」

「そうなのか。勿体《もったい》ねーな。近かったら絶対もらいに行くのに」

「それなら今度、余ったときはここへ持ってきましょうか？」

「ああ、是非よろしく」

真剣な顔で頷くと、軽い冗談のつもりだったらしい穂積は目を開き、それからまた笑った。

懐かしい左側の小さなえくぼに目を細める。

（そうだった。なんかこいつといると、昔から妙に癒されたっけ……）

敬一郎といるときの気安さとはまた違う、ほわほわとした安心感。昔から三つも年下の穂積といるときに、なぜか涼太はそれをよく感じていた。

穂積といて、こんな穏やかな時間を再びもてる日がくるなんて思わなかったから、それが素直に嬉しい。

「ほんとよかったよ」

「なにがですか？」

「いや、久しぶりにお前と会えたのに気まずくならなくてさ……」

「気まずくって……」

呟くと、ふとなにかに気付いたような顔で穂積は『ああ』と頷いた。

「もしかしてそれ、俺が昔、先輩に振られたことがあるからですか？」

「……っ、お前……覚えてたのかよ？」

あの日、穂積からの告白を涼太がこっぴどい言葉で振ってしまったことを。

「そりゃ、忘れられないですよ。『俺はホモじゃないし一生ホモになるつもりもない。だからお前とつきあう日は絶対こない』でしたっけ？」

穂積は実にけろっとした顔で、あのときの涼太の言葉を繰り返した。

（……なんだよ。ちゃんと覚えてるんじゃねーか）

再会してからというもの、あまりにも普通な顔で話しかけてくるから、もしや子供だった頃の記憶など、すっぱり忘れ去ったのかと思っていたのに。

気まずさに涼太が押し黙ると、穂積はふっと笑って『そんな顔しないでも大丈夫です』と口を開いた。

「もともと、振られるのが分かってて言ったようなもんですし。それでもあの頃は……俺もどうしようもなく子供だったので、自分の気持ちを伝えたくて。それだけで精一杯だったんです。竹内先輩の気持ちまで、まったく考えられなくて……」

震えながら真剣に告白してきた穂積に対し、自分はかなりひどいことを言ってしまったと思う。

それこそ、二度と会いたくないと思われるような台詞《セリフ》を。

「……悪かったな。お前が忘れてんならと思って……その、色々と頼んじまって。気分……悪かっただろ？」

「謝らなくていいですよ。偶然でも会えたのは、本当に嬉しかったですし……今日も楽しかったのは事実なので」

そうは言っても、やはり多少は気まずいはずだ。

それでも穂積が平然とした顔でいられるのは、やはりもうあれらが過去の記憶となっているからだろうか。

子供の頃のちょっとした諍《いさか》いなんて気にもせず、こうして笑っていられるのだから、なんて度量の広い男だと思う。

それに気付くと同時に、涼太はほっと胸を撫で下ろした。

（そっか。俺のほうが、気にしすぎだったか）

「まぁガキの頃の恋愛話なんて、ほとんどがただの思いこみだったりするしな。勘違いした過去のひとつやふたつ、誰にでもあるだろうし……」

「別に、勘違いとかじゃないですよ？」

「は……？」

「あの頃、本気で俺は竹内先輩のことが好きでしたから」

「………」

——なんと答えればいいというのか、この場合。

石のように固まってしまった涼太の様子に気付いているのかいないのか、穂積はにこっと爽《さわ》やかな笑顔で微笑《ほほえ》んだ。

「再会してからも、ああ、やっぱり竹内先輩のことが好きだなって思う気持ちは変わりませんでした」

もはや言葉がなかった。

まさかこの年になって、自分と同じ男から面と向かってこんなことを言われる日がくるとは思わずに、これまでずっと生きてきたのに。

「………ほ、穂積…」

「あ、別に俺のことは気にしないでくれていいですよ。竹内先輩とどうにかなりたいなんて考えているわけじゃないですから。ただ……先輩と再会したことが迷惑だったとか、顔を合わせたくないだとかは思っていないので。それだけは伝えときたくて……」

そう告げると、穂積は颯爽《さっそう》と自分のバッグを手にとった。

「じゃあこれで。今日は本当にありがとうございました。美空ちゃんにも、よろしく伝えてください」

「お、おう……」

そうして朗《ほが》らかな笑顔で出ていく高い背中を、呆然と見守る。

涼太がはっと我に返ったのは、しばらく経ってからのことだ。

（アイツ……なんの予告もなく突然、特大の爆弾を落としていきやがった！）

ずるずるとその場にしゃがみ込むと、涼太は自分の両手で顔を覆《おお》うようにして俯いた。

「嘘だろ……」

「好きです」

夕暮れどきの公園で、かすかに響いたその声は少し掠《かす》れていた。

いきなりなんの話かと思って、涼太《りょうた》は『……は？』という形に口を開けたまま、隣のブランコに座っている少年をまじまじと見つめた。

「俺……俺は、竹内《たけうち》先輩のことが、ずっと……好きでした」

もう一度、今度ははっきりと聞こえて来たその声は、涼太の脳の芯にまでびりりと届いた。

夕焼けの空と同じくらい、真っ赤に染まった耳朶《じだ》。潤《うる》んだような熱っぽい眼差し。

それを目にした瞬間、『ああ……』と思った。

いたいけな本気をふいに見せつけられて、心臓がどくりと脈打つ。

耳の奥がキンと鳴るのを感じて、涼太はぎゅっと奥歯を噛み締めた。

「で？」

「え……？」

「だからさ。それを俺に言って、お前はどうしたいんだ？」

「どう……って…？」

目の前の細い首が不思議そうに傾けられる。

それを眺めながら、涼太は小さく溜め息を吐き出した。

「……先に言っておくけどな。俺はお前とはつきあえないぞ。俺はホモじゃないし、一生ホモになるつもりもないしな」

きっぱり言葉にして告げると、夕焼けに照らされていた赤い横顔から、みるみるうちに血の気《け》が引いていくのが見えた。

「べ…別に、つ…つきあうとか、そんなことは……」

「そうか？　ならどうしていきなり、そんな意味のないことを言ったりしたんだ？」

告白したばかりの相手から『意味がない』と言われたことがショックだったのか、黒い瞳が不安げにぐらりと揺れるのが見えた。

「……あ…あの。……ごめんなさ…」

「別に謝る必要はないけど。たとえばお前がホモだったとしても、俺はそういうのは気にならないし。恋愛は個人の自由だとも思うしな。……でも、俺にまでそういうのを期待されても困るんだよ」

自分のずけずけとした物言いが、どれだけ相手の心を抉《えぐ》るかを知りながら、涼太はあえてその先を続けた。

「俺の将来の夢は、料理上手で美人な嫁さんをもらって、可愛い子供たちに囲まれて、あったかい家庭を築くことなんだ。お前にも前にその話はしたはずだよな？　だから男と恋愛するつもりは毛頭《もうとう》ないし、お前とつきあうことも一生ない」

言い切った瞬間、いつも眩《まぶ》しいものでも見るような眼差しでこちらをじっと見つめていた黒い瞳から、柔らかな光がすっと抜け落ちていくのが見えた。

白を通り越して青くなった顔立ちに、喉《のど》の奥が焼けるようにひりつく。

そのひりひりとした痛みを無理やり飲み込むと、涼太はすくっとブランコから立ち上がった。

「話はそれだけか？」

問いかけると、小さな頭がこくりと揺れた。

「なら、俺はもう帰るな」

言い放った声は、我ながらひどく冷たいと思った。

「じゃあな」

そっけない挨拶《あいさつ》ひとつだけで、くるりと背を向ける。

項垂《うなだ》れたまま立ち上がろうとしない彼の様子が気にかかったけれど、傷ついているだろうその顔を、振り返って確かめてみる気にはなれなかった。

細い肩は、ずっと小さく震えていた。

彼があの一言を告げるのに、いったいどれほどの勇気を要したかは、それだけでも十分に伝わってきたけれど。

（でも……仕方がない）

振り上げたナイフを下ろすのなら、いっそ恨まれるほどばっさりといったほうがいいことを知っている。

自分が悪者になりたくないがために、優しい言葉で言い繕《つくろ》ったり、淡い期待を残したりしたら、その分だけずるずると引きずってしまうということも。

「あー……くそ」

公園から出たところで毒づくと、涼太は大きな溜め息を吐き出した。

——知らなかった。

人を傷つけるときって、こんなにも後味の悪さを覚えるものなのか。

そっと差し出された柔らかな真心を、容赦《ようしゃ》なくぺしゃんこに握りつぶした、冬の夕暮れ。

空には切ないほど綺麗な一番星が、小さく輝いていた。

目が覚めると同時に、口の中に苦《にが》いものが広がっているのを感じて、竹内《たけうち》涼太は大きく溜め息を吐きだした。

「……最悪だ」

今になって、あんな古い夢を見るなんて。

あの日、夕焼けに照らされながら小さく震えていた穂積《ほづみ》は、今や立派な成人男子へと成長し、再び涼太の前に現れた。

そうして先日、涼太の住むマンションへとやって来た彼は、帰りぎわに特大の爆弾を落として行ったのだ。

『竹内先輩のことが好きだなって思う気持ちは、今でも変わりません』

そんな告白を突然されて、一体どう返せばよかったと言うのか。

過去の苦い思い出など、彼もとっくに忘れているだろうと思ったからこそ、これまでは普通に話せていたのに。

穂積は『別に俺のことは気にしないでくれていいですよ』と言ってはいたけれど、どうしたら気にしなくて済むというのか、こっちが教えてもらいたいくらいだ。

「はぁ……」

「パパ……おはよ」

思わず腹の底から重い溜め息を吐き出すと、隣で寝ていたはずの娘の美空《みそら》がむくりと起き上がった。

「あ、ああ。みーちゃん、おはよう」

「……パパ。ちゃんと一人で起きてる？」

娘からの一言に、ドキリとした。

いつもならギリギリまで寝過ごしているはずの涼太が、ここ最近は起こされずに先に起きているることを不思議に思っているらしい。

「そ、そうだな。最近のパパは、すごくいい子だからな」

まさか夢見が悪いせいで目が覚めてしまっているのだとは言いにくく、曖昧《あいまい》に頷くと、美空はなぜかそれに張り合うように手をあげた。

「美空も、いい子にしてるよ?」

「うん。みーちゃんはいつだっていい子だもんなー?」

愛娘《まなむすめ》を見つめ、へらりと目尻を下げる。

実際、自分のような足りないところばかりの父親に育てられているというのに、美空はとても素直に愛らしく、まっすぐ育ってくれている。

涼太がうんうんと大きく頷くと、美空はぱっと目を輝かせた。

「じゃあ、ほづみん。すぐ遊びに来てくれるかなぁ?」

「えっ? な…なんで、穂積?」

ふいに出てきた名前に、心臓がどきどきとうるさく騒ぐ。

まさか涼太の抱える悩みに気付かれたわけではないと思うが、美空は子供ながら、妙に鋭いところがあるのだ。

「この前、約束したでしょ? いい子にしてたら、ほづみん、またすぐ遊びに来てくれるって」

「あ、ああ。そういえば……そうだった、かな?」

美空が言っているのは、先週の日曜日の話だろう。

あの日、素敵なお弁当作りを教えてくれた上に、自分とたくさん遊んでくれた穂積のことが、美空は大いに気に入ったらしい。

夜になってもなかなか眠ろうとしない美空に、穂積は『またすぐに遊びに来ますね』と指切りゲンマンしていたことを思い出した。

「ねぇパパ。ほづみん、次いつ遊びに来てくれるかなぁ？　今度の日曜日かな？」

「う…うーん。どうかな？　穂積も忙しいからな……」

（うう。みーちゃん、ごめんな）

穂積の次の来訪を楽しみにしている娘には大変申し訳ないのだが、涼太としては穂積と個人的に会う機会は、もうない気がしていた。

理由はもちろん、あの告白のせいだ。

（だいたい俺も、過去にあれだけ容赦なく穂積のことを振っておきながら、今になって料理指《し》南《なん》を頼むとか……、ちょっと図々しすぎたよな）

いくら困っていたからとはいえ。

それにしても……あの振り方はなかった。

我ながらひどかったなと、今さらながらにしてそう思う。

……仕方がない。涼太もあの頃はまだぴちぴちの高校生で、幼すぎたのだ。

あんな真剣な目で告白されたのは初めてだったし、ふいに差し出された恋心をどうしていいのか分からず、内心激しくパニクっていた。

女性との恋愛経験をそれなりに積み、酸《す》いも甘いもかみ分けた今ならばもう少しまともな返事ができただろうが、あの当時はその余裕がまるでなかった。

だがそんな涼太に対して、穂積は『今でも好きです』と告げてきたのだから、まったくもって彼がなにを考えているのか理解が出来ない。

（つーか、ありえないだろ……）

あれだけ派手に振られたくせに、なぜまたそんなことが言えるんだ？

それにいくら童顔で若く見られるとはいえ、涼太はすでに三十代半《なか》ばを越えた子持ちのシングルファーザーである。

そんなくたびれた相手に、なにをあの男は血迷ったことを言っているのか。

穂積ほどの色男ならば、こんなおっさんなど相手にしなくてもいくらでも相手は見つかるだろうし、実際に店でも客からもてていることを知っている。

第一、過去に穂積の前で宣言したように、自分はゲイではないし、今後そうなる予定もない。

『美人で料理上手な嫁さん』という夢は途中で破れてしまったものの、可愛い娘との温かな家庭は今も継続中である。

つまり……どれだけ時間が経《た》ったとしても、穂積の想いに涼太が応えられる日はこないということだ。

そのためこれ以上穂積に深入りしたり、彼に頼ったりすることはやめようと、そう心に決めていた。

あの夜以来、穂積の勤める小料理屋『タキカワ』に行かなくなったのもそのせいだ。

（あー……、あそこは俺の貴重なオアシスだったのに）

あれだけ自分好みの味付けの店を探すのは、なかなか難しい。しかもご飯と味噌汁《みそしる》はおかわり自由という、大食らいの涼太にとってはとても理想的な店だった。

それを失ってしまったことは、非常に残念としか言えない。

そしてもう一つ惜しいと感じているのは、穂積とのほのぼのとした時間もだ。

穂積と顔をあわせなくなってから気付いたことだが、自分はどうやら彼と共に過ごす毎日を、思ったよりも楽しく感じていたらしい。

仕事が忙しくとも、昼休みに会社を抜け出しては、彼の作る美味《おい》しい料理を突《つつ》きながら、『このおかずはどうだ』とか『あのおかずは、美空がすごい気に入ってた』などと、たわいない話をするのが、かなりの息抜きとなっていたようだ。

（そういえば、昔からそうだったな）

いつも控えめで、素直な反応を見せる純情な穂積といると、妙にほっとした。

涼太が彼の料理を手放しで褒《ほ》めるたび、容姿を褒められるよりもずっと嬉しそうな顔をして、赤くなって笑っていた穂積。

そのたびにちょっとだけできる左側のえくぼが、随分と可愛らしく思えたけれど。

「あーあ。ほんと、惜しいことしたなー……」

自業自得《じごうじとく》とはいえ、失ったものの大きさが悔やまれる。

またすぐ食べたくなるようなあの手料理も。照れたように小さく笑う微笑みも。

自分とはもう二度と縁がなくなってしまったんだなと思うと、腹の底にぽっかりと大きな穴が空いたような気がして、涼太はもう一度溜め息を吐いた。


会社帰り、慌てて美空の幼稚園へとお迎えに行き、足りない食材を買ってからマンションに戻ったときには、すでに夜の七時半を回っていた。

本来、幼稚園児を連れ回すような時間ではないと分かっているが、会社帰りに買い物をすると、どうしてもこんな時間帯になってしまう。

とくに美空のお弁当作りがある日は、どうしても買い物は外せなかった。

帰ったらすぐに弁当と夕食を作らないといけないのだが、疲れ果てた身でとてもそんな気はおきない。仕方なくスーパーで総菜《そうざい》とおにぎりを買ってはきたものの、どうやらそれが美空はお気に召さなかったらしい。

「ここのおべんとう、あんまりおいしくないよね…」

珍しくそうぼやいた横顔は、空腹と疲れからか、暗く沈んでいた。

「だよなぁ…。ごめんな。パパももう、総菜や弁当は飽きてるんだけど…、この時間だと、あとはコンビニか、ファミレスくらいしか開いてないいんだよな」

スーパーの弁当や総菜は揚《あ》げ物が多いし、味は濃いめだし、野菜は少ない。……つまりは、すぐに飽きるのだ。

美空は基本的に手のかからない子供だ。

我《わ》が侭《まま》もあまり言わないし、好き嫌いなくなんでも食べる。その素直さは、シングルファーザーの父を困らせないように自然と身についたものかもしれないと、親としては切なく思うときもある。

だがそんな美空でも、やはり時にはぐずることもあるのだ。

せめて美味しいものを食べさせてやりたかったが、悲しいかな、涼太にはその腕がなかった。

「ねぇねぇ。けーちゃんとなっちゃん、ニューヨークで美味しいもの食べてるかなぁ?」

「どうだろなー。アメリカの味付けは、かなりおおざっぱだとか、肉が固いとかってよく聞くからな」

先週末、いつも美空を預けていた友人の敬一郎《けいいちろう》が、恋人である夏生《なつき》とともにニューヨークへ行ってしまった。

今は週に数回派遣のベビーシッターに頼んで幼稚園に美空を迎えに行ってもらい、涼太が戻るまではマンションで留守番をしてもらっているのだが、さすがに食事の支度までは契約に入っていない。

（……ほんと、これまであいつらにどれだけ助けられていたか、身に染みるな）

友人の手助けと厚意《こうい》があったからこそ、涼太一人でもなんとかやってこられたのだと思う。

今回、恋人のニューヨーク研修に自分もついて行くことを、敬一郎はずっと気に病《や》んでいた。

そんな友人の背を叩き、『大丈夫だって。三ヵ月くらい俺たちだけでもなんとかやれるしさ。お前はなっちゃんのフォローをしてやれよ』と、強引に送り出したのは他ならぬ涼太だ。

いつも恋人にべったりの敬一郎が、最後まで行くか残るか迷っていたのは、美空と涼太のためだと知っているし、そんな風に迷わせてしまったこと自体が心苦しかった。

（敬一郎が安心できるように、俺たちだけでもちゃんとやれてるってことを見せないとな）

そう思ってはいるのだが、現実はそんなに甘くはない。

ちょうど仕事が繁忙期《はんぼうき》にさしかかってきているせいで、家でも持ち帰りの仕事を余儀《よぎ》なくされている涼太としては、子育てと仕事の両立はなかなか厳しいものがあった。

溜め息交じりにようやく自宅へと辿りついたそのとき、美空がなにかに気付いたように、ぱっと顔を輝かせた。

「あ！　ほづみんだ」

「へ……？」

涼太が驚いている隙に美空は繋いでいた手を放すと、たたたーと駆けだしていってしまった。

見れば確かに自宅の玄関先には、見たことのある長身の男の姿があった。

（……な、なんで？）

穂積は美空と涼太を見つけると、照れたような笑顔で控えめに笑って見せた。

「ほづみん、こんばんはー」

「こんばんは。美空ちゃん、竹内先輩、おかえりなさい」

にこやかな二人の姿を呆然と眺めていた涼太は、はっと我に返ると同時に慌てて二人のもとへと向かった。

「あの……穂積？」

「はい？」

「なんでお前……こんなとこにいんの？」

もう二度と会うことはないだろうなと、そう思っていたのに。

「差し入れを持ってきました。明日は確か、美空ちゃんのお弁当の日でしたよね。よければちょっとしたおかずになるかなと思って……」

言いながら穂積が広げて見せた紙袋には、タッパーらしきものが三つほど並んでいた。

「え？　マジで？」

「ほづみん、おかずもってきてくれたの？」

久しぶりの彼の手料理と聞いて、美空が目を輝かせる。

「いやいや、そうじゃなくってだな……」

「あれ？　先輩、前に言ってませんでしたっけ？　試作品が余ったら持ってきて欲しいって
……」

「あー……確かにそんなこと……言ったような……」

前回、穂積が遊びに来ていたとき、『一人暮らしだと試作品を作っても余っちゃって困るんです』と話していたのを聞いて、『近かったら絶対もらいに行くのに』と冗談まじりに告げたのは、涼太だ。

(だからって、本気で持ってくるか？)

あんな会話を交わしたあとで、まさか穂積が本当にそうするとは思ってもいなかった。

「本当は店に先輩がきたときにでも、渡そうかと思ってたんですけど。最近……タキカワでも顔を合わせる機会がなかったので……」

「あ、ああ。悪い……」

まさか顔を合わせづらくて避けていたとは、本人に向かっては言いにくい。

「もしかして……うちの料理、もう食べ飽きてきましたか？」

「え？　いや、全然。むしろここんとこずっと食べられなくて、俺も美空も辛《つら》かったというか

……」

思わず本音がぽろりと零《こぼ》れると、穂積はホッしたように胸を撫で下ろして、『なら、よかったです』と照れたように小さく笑った。

その罪のないほのかな笑顔に、ズキズキと罪悪感が疼《うず》く。

「あ……あのさ。実は今、仕事が繁忙期で…な。社食とか、コンビニ弁当ばっかりになってて……」

「そうだったんですか」

「ああ……うん」

(なに言ってんだか)

つい言い訳じみた説明をしてしまった自分に、さらに落ち込む。

だが穂積はそれに嬉しそうに笑うと、タッパーの入った袋をぐいと差し出してきた。

「じゃあ、これ。試作品ばかりで申し訳ないんですけど、よければ食べてみてください。お弁当にいれても大丈夫なおかずも用意してきたので……」

「え、ああ。いや、ちょっと待った……」

差し出された袋を思わず受け取ってしまってから、はっと我に返る。

「じゃあ、これで」

「え？　ほづみん、もう帰っちゃうの？」

袋を渡し終えると同時に、マンションのエレベーターへと向かおうとした穂積を美空が慌てて呼び止めた。

「うん。美空ちゃん、またね」

「……一緒に食べていかないの？」

手を振りかけていた穂積の服を、美空が小さく掴んだ。

「パパのお仕事が忙しいみたいだから、また今度……」

「今度っていつ？」

穂積の来訪を心待ちにしていた美空は、やっときたと思った途端、さっさと帰ろうとする穂積の行動にショックを受けたらしい。

縋《すが》り付《つ》かれる形になった穂積も、ひどく戸惑っているようだ。

「パパ……」

穂積の服の裾《すそ》を掴んだまま、美空は助けを求めるように、涼太のほうを振り返った。

(ああ……その顔、やめてくれ)

今にも泣き出しそうな、縋るような娘の視線。それに涼太は弱いのだ。

しかもこのところ、美空には色々なことを我慢させてしまっている。

食事のことも、よく知らない臨時雇《やと》いのベビーシッターとの留守番も。

なによりも一番心細く思っているのは、敬一郎たちの不在だろう。美空は口には決してださないけれど、敬一郎も夏生もニューヨークに行ってしまったことを、とても寂しく思っているに違いなかった。

そんな娘の視線の前で、涼太はホールドアップするように両手を上げると、穂積に向かっておずおずと口を開いた。

「あー……その、穂積さ。お前、もう今夜の夕飯って食べたか?」

「いえ。それはまだですけど……」

「そうか。うちもこれから夕食なんだ。だから、その……どうせならお前も一緒に、うちで食べていかないか? その、よかったらなんだけど……」

「え?」

(そうだよな。いきなりで驚くよな)

自分でもびっくりだ。

彼の気持ちに応えられない以上、穂積と深く関わったりはしないと決めたばかりなのに。

「っていうか、是非、食べていってください。……お願いします」

「うわ…やば」

口に入れた途端、その一言が唇から零れ落ちた。

「え……っ？　なにか、まずかったですか？」

持ってきたばかりの試作品が口に合わなかったのかと焦《あせ》る穂積に、涼太は箸《はし》を握りしめたまま、ふるふると首を横に振った。

「いや、その逆。なにこれ、すっげーうまい……」

たたいた梅と青じそを巻いた鶏《とり》ハムを、口に入れた途端、ジューシーな肉汁が口の中一杯に広がった。

肉の旨味《うまみ》の中に梅の酸味《さんみ》がよく利《き》いていて、青じそがまたいいアクセントになっている。なによりも、箸でほろっと切れるほど肉が柔らかい。少しだけ巻いてある皮の部分が、ぷるんとしているのも幸せだ。

薄味なのに深い味わいがするのは、ほんのり香る生姜《しょうが》のおかげだろうか。

思わず感嘆の声を漏らすと、穂積はほっとしたように胸を撫で下ろした。

美空などはもはや言葉もなく、一心不乱にもくもくとおかずを食べ続けている。ちまちまと突くだけだったスーパーの弁当のときとは、えらい差だ。

他にも穂積が持ってきてくれたおかずは絶品で、レンコンの入った肉団子も、ナスの味噌あえも文句なしに美味《うま》かった。美空の明日のお弁当の分までついつい食べ過ぎてしまいそうになり、慌てて別の皿に取り置いたほどだ。

「あー、なんか久しぶりにまともなもん食った気がする…。穂積、サンキューな」

「いえ。こっちも、ただの試作品を食べてもらっただけですし」

「いや本当に、どれも美味しかった。薄味なのに素材の味がちゃんとしてて、もう箸が止まらなかったたっつーか。うん、今食べたやつはどれでも『タキカワ』でいけると思う」

「なら、よかったです」

「うん。お前、また腕あげたんじゃないか？」

「そ、そう、ですか……。ありがとうございます」

涼太が心から満足したことを告げると、穂積はやっぱり赤くなり、照れたように俯いた。

その横顔があまりにも嬉しそうに見えたので、今さらながらにツキンとした胸の痛みを覚えてしまう。

（……あー、うっかり忘れてた…）

久しぶりの穂積の料理に思わず夢中になって、後先考えずにベタ褒めしてしまったが、もしかしてこれはひどく残酷なことをしているのではないだろうか。

照れながらも嬉しそうにしている彼に、これ以上、下手な期待を持たせてどうするのだ。

「茶碗《ちゃわん》は、俺が洗うわ」

「いいですよ。夕飯を御馳走《ごちそう》になった御礼に、俺が……」

「いいって。御馳走になるって言ったって、ほとんどはお前が持ってきてくれたもんだろ。お前は座ってゆっくりお茶でも飲んでてくれ」

立ち上がりかけた穂積を制して、空《から》になった茶碗を流しに運んでいく。

すると穂積は『すみません』と言いながら、テーブルに少しだけ残っていた皿を運ぶのを手伝ってくれた。

(やっぱ、今しかないか……)

ちらりとリビングへ目をやれば、美空がいつも見ているアニメのテレビ番組に夢中になっている。

お気に入りの穂積と、久しぶりの美味しい食事に満足したのか、美空は食事中もずっと嬉しそうだった。そんな姿を見ていると、改めて穂積に釘《くぎ》を刺そうとしている自分が、まるで鬼のように思えてくる。

だが覚悟を決めると、涼太は茶碗を洗いながらひっそりと口を開いた。

「なぁ……」

「はい?」

呼びかけると、台ふきを手にした穂積が不思議そうな顔で振り返った。

「昔……、俺が言ったことなんだけどさ」

「え?　昔って、どの話です?」

「ほら……最後にお前と、公園で会ったときの……」

いきなりなんのことかと首を傾《かし》げていた穂積も、そこまで言われてようやく『振られた日の話』だと、思い至ったらしい。

「あれな。……我ながらひどかったと思ってる。すまん」

小さな声で謝ると、穂積はよほど驚いたのか、一瞬、大きく目を見開いた。

「……いえ、本当に竹内先輩は悪くないですよ。本当の事だと思いますし……。そんな風に謝ったりしないでください」

「いや、断るにしても他にもっと言い様《よう》があっただろって、今なら思えるんだけどさ。あの頃は、俺もまだガキだったし、いきなりで、なんかテンパっててさ……」

「本当に、気にしないでくれていいですから」

涼太の気持ちを知ってか知らずか、穂積はふっと小さく笑って首を横に振った。

「いやでもさ……」

「いいんです。前にも言いましたけど、本当に先輩とどうにかなりたいとか思って言った訳じゃなかったので。ただ……高校を卒業したら、竹内先輩は東京の大学に行くって聞いていたから、もう会えなくなっちゃうなって、そればっかりで焦ってしまって……」

きっと穂積は穂積なりの理由があって、あのとき告白してきたのだろう。

それはよく分かったけれど、自分としては過去のこととして流してしまうわけにはいかなかった。

こうして再び関わってしまった以上、今度こそちゃんと伝えなければならないだろう。

「それでさ。……これ、言っていいのかどうかわかんねーけど……」

「なんですか？」

「あのときの言い方は、ほんと悪かったと思うんだけどさ。俺の気持ちは、あれからなにも変わってないんだよ。だから……その、すまん」

言いにくいことを一息に言い切り、がばっと頭をさげる。そんな涼太のことを穂積はしばらくぽかんとした様子でまじまじと見つめてきた。

気まずくその顔を見つめ返すと、穂積は傷付いているのとも、びっくりしているのともちょっと違う、なんとも不思議な顔つきで『ああ』とひとつ頷いた。

「なんだ。もしかして先輩が最近、店に来ていなかったのって、そのせいなんですか？」

「う……」

穂積を避けるために店に行かないようにしていたのは、どうやらバレバレだったらしい。

思わず口ごもると、穂積はなぜか楽しそうに笑って肩を竦《すく》めた。

「はい。それで構いません」

「構わないって……なにがだよ？」

わけが分からない。

改めて『お前と恋愛する気は一生ない』と釘を刺されたというのに、なぜ穂積はそんなにも爽《さわ》やかな笑顔で笑っていられるのだろうか？

そんな涼太の疑問に応えるように、穂積は柔らかく目を細めた。

「前にも言いましたけど、俺があなたに『好きだ』と言ったのは、なにかを期待したからじゃないんです。本当に再会できたことが嬉しかったのと、料理を褒めてもらえたのが嬉しかったからで……」

「いやでもな……」

「あの、ぶっちゃけて言うとですね。昔も今も、俺は竹内先輩とつきあいたいだとか、気持ちに応えて欲しいなんて、一ミリも考えたことはありませんから」

「……はい？」

どういう意味なんだろうかと、一瞬固まってしまう。

普通、好きな相手に告白するのは『振り向いて欲しいから』とか、『付き合って欲しいから』とかが理由ではないのだろうか？

なのに穂積はまったく、涼太にそんな気持ちは抱いていないという。

（そんなことって、あるのか？）

「もちろん、好きになってもらえたとしたら、それはそれですごく嬉しいと思いますけど。でもあり得ないことだってちゃんと知ってます。竹内先輩が男と恋愛する気はないことも。だから初めから、本当にそうした希望はないんです」

「ええと、それ……どういう意味だ？」

「先輩のことは、ただ好きだなと思ったからそう言っただけで、それ以上でも、以下でもないってことです」

「つまり……下心的なものは、なにもないと？」

「まぁ、そうなりますね」

（ありえねぇ……）

平然と頷いた男の顔を、まじまじと見つめてしまう。

好きな相手を前にして、好きだと言っておきながら、なにひとつ期待していない？

下心を持ってもいない？

そんな男がこの世に本気で存在するのか？

「お前……本気で男か？」

「な……」

思わず涼太が呟くと、穂積は絶句して固まってしまった。

「いや、俺の友人にも一人、聖人君子かと思うような抜けてるヤツがいるんだけど。まさか、欲望のない男がこの世に存在するとは思わなかったぞ…。その聖人君子ですら、好きな相手に対してはかなり変態的だったりするしな」

呟くと、穂積はしばらくなんと応えていいのか迷うように、口を閉じたり開いたりしていたけれど、最後には諦めた様子で『すみません…』と小さく謝ってきた。

「いや……こっちこそ悪かった。なんつーか、思ったことをつい口にしちゃってさ。俺のこのずけずけとした口の悪さについては、ほんとにあとからいっつも後悔するんだけど……」

いくら驚いたとはいえ、本人に向かって言う台詞ではなかったなと涼太は慌てて謝ったけれど、穂積は別に気にもしていないのかくすりと笑った。

「いえ……そういうのも、先輩らしいです」

たったそれだけで許してしまえるなんて、お前は聖人君子パート2なのか？　と聞き返したくなる。

「さっき竹内先輩が言ってた聖人君子って、もしかして……山沖《やまおき》先輩のことですか？」

「おう。……よく分かったな」

「昔からお二人、仲が良かったですもんね。いまだに仲がいいんですね」

そういえば、穂積も敬一郎を交えて遊んだことがあったなと思い出す。

敬一郎の人の良さは、地元の連中もよく知るところだ。

「ああ。あいつには今もすっげー世話になってるよ。美空をときどき預かってもらってるのも、敬一郎の家なんだ。今はあいつちょっと海外にいるから、代わりにベビーシッターを頼んでるんだけどさ」

「ああ。美空ちゃんが時々口にしてる『けーちゃん』って、山沖先輩のことでしたか」

「そうそう」

頷くと、穂積もようやく合点《がてん》がいったように頷き返した。

「ええと……まあ、そういうわけで、本当に俺のことは気にしないでくれて大丈夫です。最初から竹内先輩とつきあいたいだとか、そんなこと考えたこともないので」

「そ……そういうもんなのか？」

「はい」

好きでも下心がまるでないと言われると、不思議だが、なんだか納得もいった気がした。

(そうか。だからか)

一緒にいて、ほわほわとするような安心感が穂積にはあった。

確かに欲望にぎらついた男相手では、そんな安心感を覚えたりはしないものだろう。

涼太はそれにひどくほっとすると同時に、なんだか拍子抜《ひょうしぬ》けもしてしまった。

(つーか、ここ最近の俺の悩みは一体なんだったんだ？)

「なので、そのことは気にしないで、先輩もまた店に寄って下さい」

「お……おう」

本人がなにも希望していないというのなら、それは確かに気にしていても仕方ないのかもしれない。それにまた穂積の手料理を食べられるというのなら、それはそれでかなり嬉しい。

そう納得しようとしたそのとき、どこかで電話の鳴る音が聞こえてきた。

「パパ、お電話なってるよ」

「お、おお。みーちゃん、サンキュな」

慌ててリビングにあった携帯をとって耳に当てると、『あの、いつもお世話になっております。エンジェルヘルプの齋藤《さいとう》です』という女性の声が聞こえてきた。

「ああ、どうも。いつも娘がお世話になっております。竹内です」

齋藤さんというのは美空のベビーシッターだ。子育ても終えた年配の女性で、短時間の不規則勤務でも応えてくれるのでとても助かっている。

『あの、実はですね……』

だが申し訳なさそうな声で続けた彼女からの電話に、涼太は激しく衝撃を受けることになった。

「……はい、はい。こちらこそ……。はい。お大事になさって下さい」

なんとかショックを乗り越え、涼太が電話を切ったときには、美空と穂積が一緒になってこちらを心配そうに覗き込んでいた。

どうやら自分は電話中、かなり悲愴《ひそう》な顔をしていたらしい。

「パパ、大丈夫？」

「なにかありましたか？」

二人揃って心配されてしまい、涼太はそれに応えるように小さく笑ったあとで、ひとつ溜め息を吐きだした。

「ああ……。俺はまったく大丈夫なんだけどな。……齋藤さんが、ちょっとダメらしい」

「さいとーさん？　シッターの？」

「そうだ。いつもみーちゃんのお迎えに行ってくれてる、齋藤さんな。実は一昨日《おととい》、自転車で転んじゃってケガをしたらしい」

教えると、美空は『えー』とひどく痛そうな顔をしてみせた。

「足を骨折して、しばらく幼稚園のお迎えのお仕事が出来なくなっちゃったらしいんだ。みーちゃんにもごめんなさいって、伝えておいてほしいって」

「さいとーさん、大丈夫かなぁ？」

「うん。足以外はぴんぴんしてて元気だからって言ってたよ。近いうち、お見舞い行ってあげような」

「うん」

せっかく仲良くなってきたばかりのところで切ない話だが、命には別状がなかったことを幸いと思うしかない。

だが今なにより問題なのは、代わりのベビーシッターがなかなか見つからないということだった。

齋藤の派遣先の事務所でも代わりを探してくれてはいるようだが、家からそう離れていなくて幼稚園にまで迎えに行くことができ、夜の七時か八時までという変則的な時間帯で、留守番をしてくれるシッターはなかなかいないらしい。

もし運良く見つかったとしても、まずその相手との面接をしないといけないし、時間のすり合わせをする必要もある。すぐに明日から『じゃあよろしく』というわけにはいかないのだ。

「参ったな……」

こういうとき頼れるはずの実家が遠いのが悔やまれる。

なんとか自分が早く戻ってこられれば一番いいのだが、この繁忙期に職場を抜けてひとりだけ先に帰ることはさすがに難しかった。そうじゃなくとも、涼太はシングルファーザーとしてかなり職場からは、時間を融通《ゆうずう》してもらっているほうなのだ。

これ以上の早退は、他の社員の迷惑になってしまう。

かといって敬一郎たちも傍にはいない。

さて、どうしたものか……と涼太が頭を悩ませたとき、ふとそれまで静かに話を聞いていた穂積が口を開いた。

「あの……美空ちゃんの幼稚園のお迎えって、なにか資格とか、そういうものがないとダメですか?」

「え?　いや……別に。シッターさんは保母の資格とか持ってる人も多いけど、別に有資格者《ゆうしかくしゃ》だけってわけじゃないからな。齋藤さんも子育てを終えた普通の主婦の方で、研修を受けただけって言ってたし。それに敬一郎だって、もともとただの俺の友人ってだけで……」

「なら、俺ではどうでしょう？」

「は？」

一瞬、言われた言葉の意味が分からず聞き返してしまう。

「タキカワは、朝は仕込みと買い出しがあるのでそこそこ早いんですけど、ランチしか営業していないから、夕方は四時くらいにはあがれるんですよね。なのでそれ以降なら、美空ちゃんのお迎えくらい手伝えますけど」

「いや、まてまて……」

話を聞きかじっていた美空が、嬉しそうな顔で会話に混じってきてしまう。

「ほんと？　ほづみんが迎えに来てくれるの？」

（いや、ちょっとだから待てって）

「いやいや、さすがにそこまでお前に甘えるわけには……」

いくら下心がないと聞かされたばかりとはいえ、穂積からの好意を知りながら、そこにつけ込むように甘えてしまうのはまずい気がする。

期待に目をキラキラさせている美空には申し訳ないが、なにか別の手立てを考えたほうがいいだろう。

そう思って涼太が首を横に振ったとき、しばらくなにやら考え込んでいた様子だった穂積が、ふと口を開いた。

「じゃあ……代わりに、ここのキッチンを使わせてもらえませんか」

「キッチン？」

「ここ、最新式のオーブンがついてますし、コンロも流しも広くて使いやすいんですよね。うちのボロアパートとは大違いで。一度あの大きなガスオーブン、試作品を作るのに使ってみたいなと思ってたんです。ガスだと火力がぜんぜん違いますしね」

聞けばワンルームに住んでいる穂積は、試作品を作るにも場所が狭くて難儀《なんぎ》しているという。オーブンは電気式の小さいものがあるだけで、作る料理にも限界があるらしかった。

「いや、オーブンくらいは……別に、好きに使ってくれて構わないけど」

もともとオーブンなんて、涼太は一度も使ったことがないのだ。

キッチンについていることすら忘れていたと言っても、過言ではない。

「じゃあ、俺は美空ちゃんのお迎えと留守番をする代わりに、ここのキッチンを使わせてもらうっていう交換条件なら、どうでしょう？」

（……まじか）

こんな都合のいい話、他にあるだろうか？

「わーい、やったぁ。ほづみん、よろしくね」

まだ涼太がうんとも言っていないのに、すでに美空は決定事項のような嬉しそうな顔ではしゃいでいる。

期待に満ちた目をした娘の前で、『やっぱりそれはダメ』などと、どうして涼太に言えるだろう？

「……じゃあ、その。……申し訳ないけど、よろしく頼む」

がっくりと項垂れつつも口にすると、穂積が『はい』と照れたような顔で笑った。


「ただいまー」

玄関を開けると、ものすごく美味《おい》しそうな匂いが漂ってきた。

「パパ、おかえりなさーい」

リビングから飛び出してきた娘の顔を目にした途端、涼太《りょうた》の肩からほっと力が抜けていく。

「先輩、お帰りなさい」

そのあとから続いて穂積《ほづみ》がひょこっと顔を出した。

「ああ、穂積。こんな遅い時間まで留守番させちゃって、悪かったなー」

「いえ。こっちはお言葉に甘えて、美空《みそら》ちゃんと先にご飯をいただきましたし」

「本当にお前がいてくれて助かったよ。急な会議が入って、なかなか抜けられなくってさ。

……それにしてもすげーいい匂いだな」

「今日はチャーシュー丼にしてみました。温めたらすぐに食べられますよ」

「サンキュ」

手を洗っていそいそとリビングへと向かうと、テーブルの上にはチャーシュー丼の他にも、色とりどりの料理が並べられていた。そのどれもが湯気を上らせていて実に美味しそうだ。

「うわ、豪勢だなー」

こんな光景、結婚していたときでも目にしたことはない。

元妻も料理は最低限してくれてはいたものの、そう得意なほうではなかった。

店で買ってきたコロッケや総菜が、ビニールパックに入ったままテーブルに並んでいることもよくあったぐらいだ。

「しかしすげーな。家でチャーシューって作れんのか？　店でしか見たことないわ」

「チャーシューは結構、簡単なんですよ。味付けさえすめばあとは軽く煮込んで放置するだけですし。炊飯器でも作れたりしますしね」

「へー」

炊飯器でチャーシュー作りとか、もはや理解不能の世界だ。

穂積がうちで美空と留守番してくれるようになって、早一週間。

その間、彼は嬉々《きき》として店に出す試作品作りに励《はげ》み、様々な料理を魔法のように作り出した。

おかげで涼太が仕事から戻ってくる頃には、食卓にはずらりと素晴らしい料理たちが並べられている。

しかも、そのどれもが絶品なのだ。

「枝豆の天麩羅《てんぷら》と、ピリ辛《から》の白菜炒《いた》めに、チャーシュー丼とか。贅沢《ぜいたく》過ぎるだろ」

おまけとして本日のデザートに出てきたのは、みかんのゼリーだ。

つぶつぶの食感と、ほどよい口溶け感がたまらなかった。

「このおみかんねー、美空がほづみんと一緒に、しぼったんだよ？」

スプーン片手ににこにこと笑う美空は、ご機嫌そのものだ。

夕食がこんなにも華やかになった上、二人きりだった食卓に穂積という新しい仲間が加わったことが、嬉しくてならないらしい。

「そうなのか。どうりですごーく美味しいと思ったよ」

「やったー。ほづみん、パパも美味しいって。よかったねー」

そんな美空と涼太のやりとりを目を細めながら眺めていた穂積は、褒《ほ》め言葉に照れたように微笑んだ。

「じゃあ、俺はそろそろ帰りますね。お風呂を沸《わ》かしてありますから、あとで美空ちゃんと入ってください」

そう言ってすっと立ち上がった背中を、美空と共に玄関まで見送る。

「ああ……あのさ。穂積」

「はい？」

「お前、本当に大丈夫なのか？」

「え？」

「いや、結局ほぼ毎日、うちにきてる感じになっちゃってるだろ。お前も店の仕事が終わった後でうちきて留守番してるわけだし、そろそろ疲れてきてないか？　他の予定だってあったりするんじゃ……」

「いえ、俺はもともと夕方からは暇だったので構いませんよ。美空ちゃんと一緒にいるのも、すごく楽しいですし」

そう言って笑った穂積に、涼太はホッと胸を撫で下ろした。

最初は週に三日程度の予定で、美空のお迎えと留守番をお願いしていたはずが、気が付けば涼太の仕事がずっと残業続きのため、ほぼ毎日のようにお迎えを頼んでしまっているのだ。

「それより竹内《たけうち》先輩のほうこそ、大丈夫なんですか？　家でも夜、ずっとお仕事してるって美空ちゃんが言ってましたけど……」

「ああ。今は会社が繁忙期《はんぼうき》だからな。そこにきて部下が二人ほど海外に出向《しゅっこう》に出てるのと、体調崩してるやつがいて、その後始末が回ってきてさ。まぁ、シングルファーザーってことで普段お目こぼししてもらってる分、大変なときくらいは俺も手伝わないとな」

「そうなんですか……。でも、無理はしないで下さいね」

「へーきへーき。もともと体力だけはあるし。それになんと言っても、今はうまい料理が毎晩食べられてるしな。それだけでも元気でるわ。ほんと……お前のおかげで色々と助かってる。ありがとうな」

穂積が協力を申し出てくれたおかげで、この切羽詰まった毎日でもなんとか乗り切れているのだ。改めて礼ぐらい言っても罰《ばち》はあたらないだろう。

なのに穂積はひどく驚いたような顔をして、また頬を赤くした。

「いえ……俺のほうこそ、立派なキッチンを借りられて助かってますし。それに……みんなと一緒にご飯を食べられるのって、楽しいですしね。こっちこそ御礼を言いたいくらいです」

穂積はそう言って嬉しそうに笑うと、『じゃあ、また明日』と手を振って、玄関から出て行った。

「あ?」

ところが涼太が美空と共にリビングに戻ってみると、グレーのマフラーと手袋がソファに置いてあるのが見えた。

穂積は現在、一人暮らしをしているアパートから、自転車でこのマンションまで通っていると聞いている。寒い夜空に防寒具なしで帰るのはきついだろう。

「みーちゃん、ちょっとお部屋で待っててくれるか？　穂積が忘れ物したみたいだから下まで届けてくるわ」

「はーい。わかったー」

今すぐ追いかければ、捕まえられるかもしれない。

マフラーと手袋をまとめてひとつかみにすると、涼太は慌ててエレベーターに乗り込んだ。

一階に下りて、マンションの裏側にある駐輪場でその姿を探す。

涼太がきょろきょろとあたりを見回したそのとき、駐輪場の前でじっと立ち尽くしている姿を見つけた。

瞬間、街灯に照らされたその横顔になぜかどきりとしてしまう。

（穂積？　アイツ、あんなところでなにやってるんだ？）

なにかを見守るように、切ない表情でじっと立ち尽くしている穂積に首を傾げる。

最初は夜空でも見ているのかと思ったけど、どうやら違うようだ。

不思議に思って、彼の視線の先を同じように辿《たど》っていった涼太は、そのときはっとあることに気が付いた。

（あれって……もしかして、うちの部屋か？）

穂積が見つめていたのは、四階の端にある部屋だった。

リビングからベランダ越しに見える温かな灯《あか》り。それをぼんやりと見上げている横顔に、小さくこくりと息を呑む。

この寒空の下、穂積は白い息を吐きながら、たった今出て来たばかりの部屋を黙ってじっと見つめていた。

その横顔がひどく切なく見えて、言葉を失ってしまう。

「穂積……」

そっと声を掛けると、穂積ははっと我に返ったようにこちらを振り返った。

「え？　た……竹内先輩？」

まさか涼太本人が外に出てきているとは思わなかったのだろう。

「ど、どうして、先輩がここに？」

「これ、お前のだろ？」

言いながら、涼太が手の中の手袋とマフラーを大きく振ると、穂積はそこでようやく気が付いたというようにはっと自分の手元を見下ろした。

「あ……わざわざ、ありがとうございます」

「いいや。つーか、こんなに寒いのに、お前、両方忘れたまま帰る気だったのかよ？」

「すみません……」

別に謝らなくてもいいのに。

穂積は、それまで涼太たちの住む部屋を羨《うらや》ましげに眺めていたのが恥ずかしかったのか、慌てて自分の手袋とマフラーを受け取った。

「あ……」

だが慌て過ぎて、手の中のマフラーが風に乗るようにひらっと地面に落ちてしまう。

それに涼太はクスリと笑うと、落ちたマフラーを拾ってやった。

「なにしてんだか。……ほら、こっち向けよ」

「え？」

そのマフラーを二つ折りにして、ふわりとその首に巻き付けてやる。

美空相手にいつもやってあげていることだが、自分よりも大きな男にマフラーを巻くなんて、なかなかない機会だ。

しかも穂積は自分よりずっと背が高く、背伸びしないとうまく手を回せそうにない。それでも輪の部分にマフラーの裾《すそ》を通してなんとか綺麗に形を整えてやる。

「うん、これでよしっと。しっかり巻いていけよ」

その出来映《ば》えに満足した涼太は、ぽんぽんと襟元《えりもと》を叩いてにっこりと微笑んだ。

瞬間、それまで涼太にされるがまま固まっていた穂積の顔が、暗い街灯の下でもそうと分かるくらい、ぶわわわわっと音を立てて真っ赤に染まっていくのが見えた。

「……穂積？」

「……っ」

今にも叫びだしそうな顔をして、穂積は自分の赤くなった口元を手のひらで押さえている。

それを目にして、涼太はようやく『あれ？　これ、ひょっとしてまずかったのか？』と気が付いた。とはいえ、こんなオッサンにマフラー巻かれたぐらいで、なにをそんなにあわあわする必要があるというのか。

「……す、すみません」

「なんで謝るんだ？」

「いえ……その。……不意打ちだったもので」

（ほんと……初《うぶ》なヤツめ）

なんというか、今時、とても貴重な男だ。

自分に触れられたくらいで、耳や首まで真っ赤になって狼狽《うろた》える姿が、ひどく可愛らしく見えてきてしまう。

店でキャーキャー黄色い声を上げている女性客たちを、さらっと受け流すあの余裕っぷりはどこへいったというのか。

そのギャップに涼太は再び手を伸ばすと、自分よりも高いところにある穂積の頭を、ぽんぽんと優しく叩いた。

「な……なにして、るんですか？」

「うん？　お前、ほんと可愛いヤツだなぁと思って」

思わず、ぽろりと本音が口を突いて出てしまう。

言ってしまってから『あ、これもまずかったか』と思ったけれど、もはや穂積はそれに反論することもなく、ただ黙って俯《うつむ》いていた。

その耳朶《じだ》は、これ以上ないというくらい真っ赤だ。

（マジで可愛いな、こいつ）

まるで自分にだけ従順《じゅうじゅん》な大型犬のようだ。

その毛並みの良さにもしばらく浸《ひた》ってしまう。だがそんな自分の行動を誤魔化《ごまか》すように、涼太は最後に穂積の額をひとつペンと叩いた。

「ほら、わざわざこの俺が忘れもん届けてやったんだから、あとは風邪引かないように気を付けて帰れよ」

口早に告げると、穂積もはっとしたように我に返って、慌てて手袋を身につけた。

「……じゃ、じゃあ。おやすみなさい」

「ああ、おやすみ」

わざとそっけなく言って、自転車に跨《また》がるその背に軽く手を振る。

だが穂積は自転車に跨がったままの状態で、こちらをちらちらと振り返った。

（あーあ。なにやってんだか。転ぶだろ、あれ）

涼太がそこにいるのを確かめるみたいに、何度も振り返っては確認する男に、涼太はぷっと小さく笑うと、『いいから、はよ帰れ』ともう一度、今度は大きく手を振った。

「あー……。まずいよなぁ」

風呂の中で思わずぽつりと呟くと、隣で同じように湯船に浸《つ》かっていた美空が首を傾げた。

「パパ、なにがまずかったの？　今日のほづみんのごはん？」

「いや……それは、いつもどおりすっごく美味《うま》かったんだけどな」

美味しいからこそ、色々と困っているのだ。

仕事を終え、疲れ果てて家に帰ってくると、待っているのは温かな部屋と可愛い娘。それから美味しすぎる晩ご飯。

冷蔵庫を覗けば、明日の朝食用のサンドイッチまで用意されていたりする。

この至れり尽くせりの生活に、涼太はふぅと大きく溜め息を吐き出した。

（快適すぎるんだよな……）

おかげでここのところ、美空もずっと機嫌がいい。

お気に入りの穂積と三人で食卓を囲み、時間が早ければみんなでトランプをしたり、テレビゲームに興《きょう》じたりするのが楽しくてならないようだ。

楽しくて、美味しくて、癒《いや》される毎日。

――まさに、理想の我が家だろう。

だがそれが涼太にとっては、かなり大きな問題だった。

穂積はずっとうちに通ってくれるわけではないのだ。

次のベビーシッターが見つかるまでという約束で、アルバイトとして臨時的に雇ったようなものである。なのにこんな快適な生活に慣れきってしまっていては大変だ。彼がいなくなったあとのことを考えると頭が痛かった。

また穂積は、アルバイト代をまるで受け取ろうとしない。何度か涼太が受け取るようにと言ってみても、『俺のほうこそ、キッチンを借りられてとても助かっているので』の一点張りで、決して首を縦《たて》に振らなかった。

唯一、彼が受け取るのは、試作品に使う食材費くらいか。

それだって結局、できあがった料理は涼太たちが全部食べてしまうのだから、当然と言えば当然の話であって、別におごりでもなんでもない。

だが穂積は『俺も一緒に食べさせてもらってるんだから、いいんです』と言って、それ以上のものは決して受け取ろうとはしなかった。

(いっそあの親切が、下心からだっていうのなら、もっと分かりやすくて簡単なんだけど……)

穂積が今でも涼太を好きだと言っていたのは、たぶん……本当のことなのだろう。

先日の夜、駐輪場の前で涼太たちの住む部屋をただじっと眺めていた穂積は、たまらなく寂しげな表情をしていた。

切望と羨望《せんぼう》と……それ以上の諦観《ていかん》を混ぜ込んだような、切ない表情。

穂積はきっと涼太のことは好きでも、手に入れたいだとか、自分のものにしたいとは思っていないのだろう。彼が前に言っていたように。

この十日ほど一緒に過ごしてみて、それが涼太の出した答えだった。

もちろん、穂積からにじみ出るような好意を感じることはある。

だが穂積は絶対に、その一線を自分から越えようとはしない。

涼太と手が触れることすら避けるように、一定の距離をきっちりと保っている。

そうしてただ一緒に食事をとり、なにげない会話を楽しんでは別れを惜しむように、帰り際はいつもじっとマンションの部屋を見つめていくのだ。

あの夜以来、涼太は穂積に気付かれぬよう、カーテンの陰からそっとその姿を確認してみた。

だが、結果はいつも同じだ。

穂積はいつも五分くらいじっとこの部屋を眺めたあとで、黙って自転車に乗って、一人暗い道を帰って行く。

まるで『そこにあるのは、決して手には入らない夢物語』だと、そう自分に言い聞かせているみたいに。

それがある意味、たまらなかった。

彼の好意に乗っかって、すごくひどいことをしているみたいで。

(……なんか思いきり、利用してるって感じだよな)

穂積の気持ちに応える気はまるでないのに、ただ傍《そば》において、便利に使っている自分が、人でなしのように思えてくる。いくら穂積本人がそれで構わないと言っていたとしても、人の好意を利用するような真似はあまりしたくなかった。

いっそきっぱり突き放した方がいいのかもと考えてみたが、あんなに毎日嬉しそうに料理を作ったり、涼太たちとご飯を食べたりしている穂積を見てしまったら、『やっぱりもう来なくていいよ』とは、なんとなく切り出しにくいものがあった。

(だいたい、あいつはなんでああも態度が違うんだ?)

『タキカワ』で働いているときの穂積と、うちに来ているときの穂積とは、あまりにも対照的だ。

店で働いているときの穂積は、その顔に感情をあまり乗せない。

どちらかというとクールな印象で、お客さんからもらう褒め言葉やアプローチを『ありがとうございます』とさらりと受け流したりしている。

髪に触れられただけで真っ赤になって、ただ俯《うつむ》くだけしかできなくなる自分の前とでは、大違いだろう。

（まぁ、それが可愛いっちゃ可愛いとこでもあるんだけど）

そしてこの『可愛い』と思う気持ちこそが、またもや大きな問題だった。

穂積は決して可愛らしいタイプではない。小柄な涼太よりも全体的に大柄だし、料理を作る腕はがっしりとしているし、どちらかと言えば男っぽい。

なのに彼のちょっとした表情や反応を見ていると、ついつい手を伸ばしてやりたくなるような、健気《けなげ》な愛らしさがあるのだ。

（でも男に可愛いって……それだけで問題だろ）

可愛いといっても女性的な愛らしさではなく、なんというかしっぽを振ってじっと遊んでもらえるのを待っている大型犬に対するような……とそこまで思って、涼太は再び溜め息を吐き出した。

大の男を捕まえて、『ペットみたいで可愛い』と言うのも失礼すぎる話だ。

「はぁ……」

どうやら自分はなんだかんだ言いつつも、穂積のことが気に入っているらしい。

それはもちろん、恋心というのとは違う。

女性のときのように彼に対して肉欲を感じることはまずないし、第一、男と付き合う予定など涼太にはない。

だがそれでもいつも節度を守り、どんなに好きでも絶対にそのラインを越えようとはしない律儀《りちぎ》で純情な男のことを、やっぱり可愛いやつだと思ってしまうのが不思議だった。

自分でもその理由がなぜなのかよく分からないまま、涼太はもう一度、『やっぱ、まずいよなぁ』と小さくぼんやりと呟いた。


『もしもし？　竹内ですか？』

「あれ？　……もしかして、敬一郎《けいいちろう》か？」

少し遠いけれど、聞き慣れた声の主《ぬし》に気付いて問いかけると、受話器の向こうで小さく笑う声が聞こえてきた。

『はい。久しぶりですね』

「おー、突然どうしたよ？　元気か？　ニューヨークは今何時だ？　季節はどうだよ？　なっちゃんはどうしてる？　研修、頑張ってるか？」

一ヵ月半ぶりの親友の声に、思わず矢継《やつ》ぎ早《ばや》に質問すると、敬一郎が受話器の向こうでもう一度笑った気配がした。

『ナツさんも僕も元気です。ナツさんは研修、頑張っていますよ。こちらは今、朝の七時くらいですね。毎日のようにちらちら雪が降ってますし、東京より寒いですよ』

「そっかー。でもなっちゃんもお前も二人とも元気なら、安心したわ」

「え？　なっちゃん？」

海外から掛かってきた友人の電話にしみじみとしていると、その声を聞きつけたのか、寝る前の歯磨《はみが》きをしていた美空が、洗面所から駆けつけてきた。

「敬一郎からの電話だよ」

受話器の口を押さえつつ説明すると、美空は『やったぁ！』と歯ブラシを片手に喜びの声を上げた。

「ねぇ、パパ。美空もけーちゃんとお話するー」

「あ？　ちょっと待てって。今かかってきたばかりだから、俺もまだぜんぜん……」

そう断わろうとした途端、みるみるうちに涙目になった娘にぎょっとする。

「……美空、けーちゃんとお話したい……」

「わ、分かった。分かったから」

言いながら、手の中の受話器を渡す。

「けーちゃん？　うん、美空ー。うん、げんきだよ。けーちゃんとなっちゃんは？　うん。……あのねー、美空、今日幼稚園でねー……」

現金にもきゃっきゃっと楽しそうな声を上げ始めた娘の様子に、『こりゃしばらくは代わってもらえそうにないな…』と涼太は諦めを付ける。

ここ最近の敬一郎と夏生の不在を、誰よりも寂しく思っていたのは美空だと知っている。

美空が今日の出来事から、本日食べた夕ご飯の内容まで話し終えるのを聞き届けると、涼太は横から手を出した。

「みーちゃん、そろそろパパに電話を返しなさい」

「えー。まだなっちゃんとは、話してないよ？」

「あのなぁ。海外からの長距離電話って、お金がすっごいかかるんだぞ？　あんまり長話してると、けーちゃんたちのお金がなくなっちゃうだろ」

「うーん……」

分かりやすく説明すると、美空もようやく納得したのか『じゃあまたね。けーちゃん』と、しぶしぶながらも涼太に受話器を返してくれた。

こういう素直なところが、我が娘ながら素晴らしいと思う。

「敬一郎？　ごめんな、みーちゃんがなかなか離したがらなくてさ」

『いえ、こっちも久しぶりに美空の声が聞けて、嬉しかったので。二人とも元気そうですね』

「ああ。ときどき『けーちゃんたちなにしてるかなぁ』なんて、美空が寂しそうに口にしてるけど、それなりに毎日楽しくやってるよ」

『そうでしたか……』

呟く声は、しみじみとしてどこか寂しそうだ。敬一郎にとっても、美空はすでに娘のような存在なのだろう。

お互いに会えない距離を、噛み締めているに違いなかった。

『ところでベビーシッターさんって、新しく別の人に代わったんですか？』

「え？　あ、ああ……まぁな。前に頼んでた人が、事故でお休みになっちゃってな。それで……今は、臨時のアルバイトを頼んでるんだよ」

嘘ではない。

別に敬一郎に隠すことでもないよなとは思ったが、その相手が穂積であることを口にするのはなんとなく憚《はばか》られて、そう説明をすると、敬一郎はなぜかふと黙り込んだ。

「なんだよ？」

『その新しいアルバイトって、もしかして……岩下《いわした》穂積君ですか？』

「な、なんで？」

なぜバレたのかとぎょっとする。

ニューヨークにいるくせに、どうして分かったのだろうか？

『いえ、さっき美空が何度も『ほづみんがね、ほづみんとね』って言ってましたから。それに『ほづみんの作ってくれるご飯、すごい美味しいんだよー。スーパーのよりずっとずっと美味しいよ』って説明もしてくれましたので……』

「そっか……」

別に、なにかやましいことがあるわけではない。

けれども今の涼太と穂積の微妙な距離に気付かれたくなくて、わざと穂積のことをぼかして説明したのだが。

敬一郎がそれをどう思ったのかと考えると、背中に嫌な汗を掻《か》いてしまう。

このどこかおっとりとした男は、普段はのほほんとしている癖に、妙に人のことには察しがいいのだ。

『竹内。どうかしました?』

「別にどうもしないけど?」

『もしかして……穂積君となにかありましたか?』

案《あん》の定《じょう》、涼太の様子がおかしいことはすぐに気付かれたらしい。

「な、なにって、なんだよ?」

涼太が虚勢を張ると、敬一郎は一瞬、黙り込んだ。

『たとえば……彼から告白されたとか』

「はぁっ!? なんでお前がそれ知ってんだよ!?」

受話器に向かって叫んだ瞬間、はっとした。

これでは『その通りだ』と、自《みず》ら白状しているようなものではないか。

『……そうでしたか。まぁ昔も、穂積君は竹内のことが好きでしたよね』

「……っ！　だから、なんでお前はそんなことまで知ってんだよ…？」

『いえ、そのあたりは、昔から見ていてもとても分かりやすかったといいますか……。竹内はあまり気付いていていなかったみたいでしたけど、穂積君、彼の兄の拓真《たくま》よりもずっと竹内に懐《なつ》いていましたよね？』

「そ……う、だったか？」

『ええ。僕達の前ではいつも控えめというか、俯いてばかりであまり話もしませんでしたよ。兄弟仲もあまりよくはなかったみたいですしね』

言われて思い出した。

たしかに岩下の家でみんなで遊んでいても、穂積はいつも少し離れたところで兄たちの遊びをじっと見ているだけだった気がする。

涼太が『お前も混ざれば？』と声を掛けても、首を横にふるばかりで……。

『なので彼と再会して、よく店でも会ってるって聞いたとき、もしかしてって思ったんですけど……』

「ああ、まぁな……。なんでこうなったのか、自分でもよく分かんないんだけどさ。なんつーか、ほんとに成り行きで。今は美空のお迎えと留守番まで、頼んじゃってるよ。アイツもお前に負けず劣らず、お人好しだからなぁ」

『僕の場合はお人好しっていうよりも、竹内とは友人だからですよ。それに……僕も竹内には、これまでたくさん助けられてきましたし』

「あ？　俺がお前を助けたことなんかあったっけ？」

美空のことで敬一郎には一方的に世話になってはいても、こちらが彼の世話をした覚えなどほとんどない気がするのだが。

だが涼太がそう呟くと、敬一郎が電話の向こう側でふっと笑った気配がした。

『ありましたよ。たくさん。……高校時代に、ゲイだとバレて周り中から冷たい視線で見られたときも、駆け落ちに失敗して実家から縁を切られたときも。イギリス留学から戻ってきて、どこにも居場所がなかったときも。……竹内だけは、いつもと変わらぬ態度で『よう、敬一郎。元気か？』って今みたいに声をかけてくれました』

しみじみと呟く友人の声に、ふいに胸の奥がぎゅっと摑まれた気がした。

(そんな……そんなことくらいで)

「なに言ってんだ。そんなの……そんなの当たり前の話だろうが」

敬一郎は昔からの友人だ。彼がゲイだと知ったときはさすがに少し驚きもしたが、それくらいでその人柄が変わるわけではない。

このお人好しで優しい男が、自分の性癖のことで、昔からたくさんの苦労をしてきたことを知っている。

なのに友人の自分までもがゲイだというだけで、態度を変える気はなかった。

『その当たり前がどれだけ嬉しかったか……分かりますか？』

ふわりと笑うように囁かれ、言葉が喉《のど》に詰まったように、一瞬苦しくなった。

あの頃、どれだけ彼が孤独だったのか改めて思い知らされたような気がした。

『穂積君が好きになったのも、竹内のそういうところなんでしょうね。裏表がなくて、正義感が強くて。まさしく竹を割ったような性格といいますか……』

やめてくれ。こそばゆさに全身を掻《か》きむしりたくなる。

ぼりぼりと脇腹を掻いていると、敬一郎が少しだけ声のトーンを落とした。

『それで……竹内は大丈夫なんですか？』

「なにが？」

『彼から告白されたんですよね？』

「あー、それは別に……。つーか、アイツ、告白してきたからって態度もなにも変わらないしな。なにも求められてないっつーか。それに告られるのも、今回が初めてってわけじゃなかったし……」

『え？』

涼太が過去にも一度、穂積から告白されていたことは、さすがの敬一郎も知らなかったらしい。

かいつまんで説明すると、敬一郎は『そうでしたか…』と小さく溜め息を吐き出した。

「でも俺としてはあの時、かなり冷たい言葉で突き放したはずなんだけど……。どうしてまたそんな相手のことを好きだと言えるんだか……。本気で俺には謎だよ」

もし自分なら、あんな冷たい振られ方したら地の底までへこんで、また好きになんてなれないと思う。それどころか顔を合わせるのも気まずいはずだ。

『まぁ……恋とは、不思議なものですしね。好きだという気持ちも、自分の意思でどうにか消せるものでもありませんし……』

自分もかつてさんざんままならぬ恋心に苦しんだ経験のある敬一郎は、苦笑交じりにそう答えた。

「あ……そういやお前も、なっちゃんには過去に一度、派手に振られてるんだっけ？」

突っ込むと、敬一郎は一瞬黙り込んだあと『別に、振られたわけではないです』と言い直した。

『でも……そうですね。ナツさんは過去の出来事のせいもあって、かなりのゲイ嫌いでしたから。僕のことも、ゲイだと知った最初は毒虫でも見るような目つきで見てましたね』

「そうなのか」

うへぇと思う。夏生も涼太に負けず劣らず気が強いし、減らず口をたたくタイプだ。

目つきは鋭いし、ケンカ慣れもしていそうだ。そんな彼から睨み付けられたのなら、それはそれでかなりきついものがあっただろう。

実際、敬一郎がゲイだと知った途端、夏生が激しく彼を罵倒《ばとう》したことは聞いている。そんな二人が紆余曲折《うよきょくせつ》を経《へ》て、今では一緒に寄り添って生きる人生を選んだのだから、人の縁とは本当に不思議なものだと思う。

「敬一郎はさ、なっちゃんのどこを好きになったわけ?」

『……なんですか、いきなり』

「いやだって、いきなり初対面から罵倒されたのに、そんな相手のことを好きになれるもんなのか?」

しかも相手はノンケだ。

穂積といい、敬一郎といい。絶対に自分には望みのない相手だと知っていて、それでも好きになれる気持ちは、一体どこからきているのか。それを知りたかった。

『僕の場合は、まぁ……一目惚れでしたから』

「一目惚れっていうことは、やっぱあれか。顔か?」

いつものごとくズケズケと問い詰めると、敬一郎は苦笑しながらそれでもちゃんと答えてくれた。

『ナツさんの顔はもちろん好みでしたけど……。それだけじゃなくて、こう立ち姿とか、背筋の伸びた感じだとか、オレンジの髪だとか、話し方とか……そういうもの全部から、なんか目が離せなくなってて……』

気が付けばもう恋に堕《お》ちていたのだと、そう敬一郎は続けた。

『それに……実際に話をしてみたら、ナツさんの一本気で律儀な性格だとか、素直すぎて不器用だったりする一面だとか、ともかくもうナツさんの全てが好みだったといいますか……』

だからこそ、ひどい言葉で振られたのだとしても、惹かれずにはいられなかったらしい。

別に相手に好きになって欲しいからではない。

報《むく》われたいと思ったわけでもない。

ただ、その人のことを好きだと思った、それだけ——。

（……穂積も、そうなんだろうか）

自分にそこまでの魅力があるとは、とても思えないのに。

だが『下心なんてまるでないです』と笑ったときの小さな微笑みと、マンションを一人じっと見上げていた寂しげな横顔が、妙に心に引っかかっていた。

「つーかさ、お前今……ここぞとばかりに思いっきりのろけたよな？」

思わずつっこむと、敬一郎が声をあげて笑った。

『最初にナツさんのどこが好きかを聞いてきたのは、竹内ですよね？』

「ったく……。開き直るなっつーの」

いつも当てられっぱなしの友人カップルに、なぜかほっとしながら、涼太は『ともかく、来月はなっちゃんと仲良く元気に帰って来いよ』と締めくくった。

涼太《りょうた》が穂積《ほづみ》と初めて出会ったのは、涼太が中学生、穂積はまだ小学生だった頃のことだ。

兄の拓真《たくま》に誘われて彼の家へと遊びに行ったとき、弟の穂積は広いリビングの片隅で、一人ぽつんと膝《ひざ》を抱えて座っていた。

岩下《いわした》の両親は揃って弁護士をしていて忙しく、兄弟は二人きりで留守番していることが多かったらしい。いつ遊びに行っても、広くて立派な家は人気《ひとけ》がなく、どこかガランとして見えた。

兄の拓真が明るくはきはきとしていてクラスでも中心的な人物だったのに対し、弟の穂積は引っ込み思案を絵に描いたような、とても内気な少年だった。

涼太たちが遊んでいてもその輪に自分から入ってくることはなく、みんながゲームでわいわいしている姿を、どこか眩《まぶ》しそうな目つきで部屋の片隅からじっと眺めているだけだった。

「なぁ、お前もたまには混ざれば?」

いつも一人ぽつんとしているその姿が気になって、初めに声を掛けたのは涼太からだ。

「え……?」

その日、キッチンのダイニングテーブルの隅にいた穂積は、その声に不思議そうな顔で首を傾《かし》げた。

「ゲームだよ。いつもただ遠くから見てるだけじゃ、つまんないだろ?」

「……僕?」

「他には誰もいないだろ。見てばっかりじゃなくて、兄ちゃんと一緒に混ざってやればいいのに」

もう一度話しかけると、穂積は慌てたように首をブンブンと横に振った。

「……いい。ヘタだし……」

「そんなの、気にすんなって。誰でも最初は初心者だろ」

「でも……僕、……頭、悪いから……」

まだ小学生のクセして随分と自虐的《じぎゃくてき》なことを口にする穂積に、涼太は一瞬『はぁ? なに言ってんだこいつ』と思った。

「遊ぶのに、頭いいとか悪いとか関係あるかよ? ……つーかさ、お前。さっきからそれ、なにしてんの?」

キッチンに一人でいた穂積が手に抱えていたのは、半円の銀色のボウルだった。

左手には、泡立て器まで握られている。

まるで小さなコックさんのようなその出で立ちが気になって、ボウルの中身を覗き込むと、中にはとろりとしたクリーム色の液体が見えた。

「……おやつを……」

「おやつって？」

「……ホットケーキ……」

「え？　お前、ホットケーキなんて作れんの？」

驚いて尋ねると、穂積はコクリと頷いた。

ホットケーキは涼太も好物だが、自分で作れる技術はない。

さらにいうなら祖父母と暮らす涼太の家では、ホットケーキなんていうハイカラなものが食卓にあがる機会はほぼなかった。

なのにそれを自分よりもずっと年下の穂積が作れるという事実が、驚きだった。

「すっげーな、お前」

「……え？　えっと、あの……うち、いつもお母さんの帰りが遅いから。お手伝いさんが、簡単なの教えてくれて……」

「それでもすごいよ。その年でホットケーキを一人で作れるとか、尊敬するわ」

思わず手放しで褒《ほ》めると、穂積はみるみるうちに真っ赤になって、俯《うつむ》いてしまった。

どうやらこの少年は、人から褒められるということに、あまり慣れていないらしい。

トマトみたいに真っ赤な顔をして俯いたまま、かしゃかしゃと手の中の泡立て器を動かす横顔は、ひどく可愛らしく目に映った。

自分にも弟がいたら、こんな感じだろうか。

その手つきを眺めているうちに、ボウルから漂ってくる甘い匂いに誘われて、涼太の腹が盛大にぐぅぅと鳴りだした。

「あの……ホットケーキ、一緒に食べる？」

その腹の音は、穂積にも聞こえていたらしい。

恐る恐ると言った様子で尋ねられた瞬間、涼太は『え？　いいのか？』と驚きと喜びの入り交じった声を上げた。

「でもそれ、今日のお前のおやつなんだろ？」

「……たくさん焼けば、いいから」

「マジで？」

再びこくりと頷いた穂積に、目を輝かせる。

「お前、メチャクチャいいやつだなー」

いたく感激し、その頭をがしがしと撫でながら褒めると、穂積はさらに真っ赤になって俯いてしまったけれど。

それから穂積は危なっかしい手つきながらも、ちょっと端の欠けた金色のお月様みたいなホットケーキを焼いてくれた。

それはとても甘くて美味《おい》しかったことを、今でもなんとなく覚えている。

その後も岩下の家で顔を合わせるたび、穂積はよくホットケーキを焼いてくれた。

とろっと蕩《とろ》けたバターの風味や、メープルシロップの香り。

穂積の腕前が上がるにつれて、ケーキに添えられるジャムやクロテッドクリームなどの種類も豊富になり、涼太は遊びに行くたびわくわくしたものだ。

(つまりあの頃から、自分は穂積のつくるものが好みだったってことだな)

焼きたてのホットケーキを突《つつ》きながら、穂積とはくだらない話もした。

引っ込み思案の穂積は自分から話を振ってはこなかったけれど、それでも涼太が話を振るたび、ひどく嬉しそうに答えを返していた。

だが敬一郎の言うように……今になって思い返してみれば、たしかにあの頃の穂積は兄の拓真とすら、あまり話をしていなかった気がする。

どちらかといえば、いつも所在なさげに部屋の隅でぽつんと一人でいることの方が多かったはずだ。

まるで大きくて立派な家の中に、自分の居場所がないみたいに。

(だから、余計に気になったのかもな……)

涼太自身も幼い頃はそうだった。

まだ両親とアパートで暮らしていた頃、家の中にはいつも自分の居場所がないように感じていた。

涼太の親は、涼太が小学校に上がる前に離婚している。

そのため涼太は田舎の祖父母の元に引き取られ、育てられた。ある意味あれはいい転機といえただろう。

家事をまったくしなかった若すぎる母親と、賭け事にのめり込む父親が暮らす家は、いつも酒の匂いと激しい口喧嘩が絶えなかった。

食卓に並ぶものといえば、ファストフードかコンビニの弁当ばかりだったため、涼太は祖父母の家に引き取られてから初めて、出汁《だし》の利いた味噌汁というものを飲んだ。

祖母の作る田舎料理は素朴なものばかりだったが、なにを食べても美味しかった。

多分、自分が食いしん坊になったのはあの頃からだろう。

料理のできる女性を、心から尊敬するようになったのも。

祖父母には愛情深く、なに不自由なく育ててもらったし、田舎暮らしにもすぐに慣れて友人もたくさん出来た。新しい生活に不満はなかった。

だがそれでもときおり、胸のあたりが引《ひ》き攣《つ》れるように、なんとも言えないチリチリとした寂しさがこみ上げてくることがあった。

幸福で温かな家庭への憧《あこが》れめいた気持ちは、いつも涼太の中でどこかしら存在していて、早く自分だけの家庭を持ちたいという願望もあった。

職場の後輩だった元妻と、若くして結婚したのもそのせいだ。

まさか夢に見ていた憧れの結婚生活が、こんなにも早く終わることになるとは思ってもいなかったけれど。

「……先輩？　竹内《たけうち》先輩」

「う……ん」

「そんなところで寝てると、風邪引きますよ？」

ゆらゆらと肩を揺さぶられても、目が重くて瞼《まぶた》が開きそうにない。

なにしろお腹が美味しく満たされている上に、こたつは温かいのだ。

さきほどまで食べていた生姜《しょうが》の利《き》いた鳥鍋のせいで、身体中ぽかぽかしているし、久しぶりに飲んだビールも美味しかった。

これだけ至福の条件が揃っていながら、寝るなというほうが酷《こく》というものだ。

幸福感に満たされたままごろりと寝返りを打つと、どこかで小さく息を吐く音が聞こえて来た。

カチャカチャと鳴る皿を片づける音や、パタパタと歩くたびほんの少しだけ擦《こす》れるスリッパの音。

誰かが傍にいる気配が心地好くて、目を閉じたままふわふわとした感覚に身をゆだねていたそのとき、ふっと顔のあたりに影が落ちるのを感じた。

（……穂積…？）

今この家にいるのは、美空か穂積だけだ。

美空は幼稚園で遊び疲れたのか、鍋を食べている途中から眠い眠いとぐずって食後すぐに寝てしまったから、あとは穂積しかリビングには残っていない。

その気配は涼太のすぐ傍《そば》で止まった。

こたつで寝転んでいた涼太の肩から背中にかけて、なにやらふわりとしたものがそっとかけられるのを感じる。

（……あったかい）

たぶん、美空のお昼寝用の毛布だ。どうやら起きない涼太を気遣って、穂積が隣の部屋から運んできてくれたらしい。

その無言の労《いたわ》りに、胸の奥がふいにきゅっと摑まれたように熱くなった。

（死ぬほど、甘やかされてるよな）

毎回、美味しい手料理を作ってもらって。美空のお迎えと留守番までしてもらって。こんな風に、優しくされているのをひどく心地好く感じている自分がいる。

なのに、自分はそんな穂積になにも返してやれないのだ。その愛情をただ一方的に貪《むさぼ》るだけで。

（……なんかやっぱ、ずるい気がする）

胸の内でそっと溜め息を吐きだした瞬間、熱を含んだ強い視線を頰のあたりに感じて、どきりとした。

――見つめられている。

穂積からじっと見つめられるのは、なにもこれが初めてじゃない。ご飯をみんなで食べているときや、一緒に食事の片付けをしているとき。

気が付くと、なにも言わない視線にじっと見つめられていることが、これまでにも幾度かあった。

本人は、意識していないのかもしれない。

『下心なんてないですし、なにも期待していませんん』と告げたとおり、穂積がその一線を越えてくることはなかったし、恋心を臭わせるような言動をすることも決してないのだから。

けれどもその視線の中に、ときおり隠しきれない熱が混じっているのを感じないわけにはいかなかった。

（別に、それが嫌だってわけじゃないんだけど……）

男から見つめられて気持ち悪いというよりも、なんというかそわそわとして落ち着かない気分になるのだ。

自分は彼の恋心に気付いていながら、その心を無視したり、ないがしろにしているような気がして。

シンとした静かな空気が、部屋中に流れていく。自分の呼吸の音まで聞こえて来そうな沈黙に、涼太はそっと息を飲み込んだ。

穂積が今、どんな顔をしているのかは分からない。

もしかしたら、マンションを見つめていたときと同じような顔をしているのかもしれない。

見ているこちらが切なくなるような眼差しで。

そう思ったら、ますます目が開けられなくなっていく。

それから、どれくらい時間が経っただろう。

伸びてきた指先が、涼太の閉じた瞼の下あたりにそっと触れるのを感じた。

頬に触れられたのを感じた途端、カッと喉の奥が熱くなった。

(まさか……キスされるとか?)

いやいやまさか。穂積に限って、そんな約束を破るような真似をするとは思えない。

けれども壊れ物のようにそっと触れてきた指先が、微《かす》かに震えている気がして、まるで伝播《でんぱ》するかのように、彼の緊張が涼太にも伝わってくる。

心臓が、どくどくと早く鼓動を打ち始める。

(これだけ尽くされてるんだから、キスくらいは知らんぷりしておくか? ……いやいや、こはちゃんと『約束と違うだろ』って拒否るべきなのか?)

涼太が高速回転でぐるぐると思い悩み始めたそのとき、それまで感じていた強い視線がふっと緩《ゆる》む気配がして、指先の感触が遠のいた。

同時に、穂積がすっと離れていくのを感じる。

「って、なにもしないのかよ⁉」

「え……っ？」

瞬間、涼太は思わず寝ていたこたつから、がばっと身を起こした。

「あ……すみません。起こしちゃいましたか？　そのままだと風邪を引くかなと思って……」

涼太が起きたことに気付いた穂積が、慌てたように謝ってくる。

それを押しとどめると、涼太は穂積の顔を真正面から見つめ返した。

「穂積。お前……今、俺に触ってなかったか？」

「え？　ああ、睫毛《まつげ》が頬についていたのでとろうと思って……」

「……睫毛……」

「す、すみません。その、寝ているところを勝手に触ってしまって……」

(そうじゃないだろ！)

今、自分が気にしているのはそんなことではなくて。

「あのさ……お前。なんでそこで、なにもしないんだ？」

「ええっ？」

「普通、好きな相手が無防備に目の前で寝てたら、据《す》え膳《ぜん》だなとか、ちょっとだけつまみ食いしてみたいなだとか、思わないのか？」

脱力しながら尋ねると、穂積は不可解そうに眉を寄せた。

そうしてはっとあることに気が付いたように、口を開く。

「あの……もしかして、なにか……したほうがよかったですか…？」

「いや、そうじゃないけどな！」

なんだかこれでは涼太のほうが、なにかされるのを期待していたみたいではないか。

そうではない。決して、そういうつもりではないのだが。

（でも、なんていうか……そういう雰囲気じゃなかったか？　今）

自分でも理不尽なことを言っている気もしたが、ここまでお膳立《ぜんだ》てされているのに、なにもしない男とかアリなんだろうか。

いや……それが穂積だといえば、たしかにとてつもなく穂積らしいのだが。

「……穂積。お前は……本気でそれでいいわけ？」

溜め息交じりに尋ねると、穂積はなんの話なのかというように首を傾げた。

「え？」

「お前が、こうやっていくら甘やかしてくれても、俺は……お前の気持ちには応えられないってのに……」

穂積は、自分と美空にこれでもかというほど優しい。

なんの見返りもなく、その愛情を惜《お》しみなく注いでくれる。

そんな彼の無償の優しさを心地好く思う気持ちと、とてつもなくひどいことをしているような罪悪感が、涼太の中でせめぎ合っている。

「あの……それは前にも聞きましたし。ちゃんと知ってますけど……？」

「だから、それで本当にいいのかって聞いてるんだよ？　なんか俺は、お前の心を無駄遣いしている気がしてだな……」

注《そそ》いでも返されることのない愛情を、どうして彼が持ち続けられるのか。それが分からなかった。

穂積はいいやつだ。そんなことは誰に言われなくとも、昔から知っている。

きっと穂積が望めば、男でも女でもいくらでも彼を好きになってくれる相手はいるだろう。

それなのに、自分は穂積の恋心をいいように利用して、ただ彼の時間を無駄に消費している。

それが無性に我慢ならない時があるのだ。

「無駄遣いって……どういう意味ですか？」

「いや、その……お前には色々と助けてもらってるし、正直すごい助かってる。美空も俺も、お前のことはいいやつだと思ってるし感謝もしてる。……だからこそ、なんかもったいないっつーか。俺みたいな冷たい相手に、無駄な時間とか労力を使うよりもさ、もっと……こう、実《み》のある相手に優しくした方がいいんじゃないかなって……」

しどろもどろに呟く。

本当は、こんなことを本人に言うこと自体、間違っているのかもしれない。

過去に一度ならず二度までもきっちりと振っているのに、改めて『意味ないぞ』と念押ししているみたいで、自分がますますひどい人間のように思えてくる。

なのに穂積は涼太のたどだとしい説明をぽかんとした顔で聞いた後、なぜかふっと笑った。

「なんだ、そんなことですか」

「そんなことって……お前な」

「無駄なことなんて、なに一つないですよ」

あっさりとそう言い切られて、言葉を失う。

「自分が好きでやってることですし。それに……好きな人の役に立てるのって、それだけで嬉しいですから」

「……でも。それ、お前になんか得あんの？」

一方的に尽くしても意味ないだろとつっこむと、穂積は小さく微笑んだ。

「得とか、損とか……そういう言葉で表すのは難しいですけど。でもここで過ごしていることで、俺にもいいことはたくさんありましたよ」

「いいことって、なんだよ？」

「たとえば……先輩や美空ちゃんと、一緒にお弁当をつくったりだとか、ご飯を食べたりだとか。ゲームしたりだとか……」

穂積の言葉に面食《めんく》らってしまう。

そんな日常は、いいことでもなんでもない気がするのだが。

「こういうことを言うと、竹内先輩には重荷になるのかもしれませんけど。でも本当に……この日常が、とても幸せだなって感じるんです。……好きな人の顔が今日も見られたりだとか。たくさん話せたから、いい日だったなとか。美味しそうに俺の作ったご飯を食べてくれて、嬉しかったなだとか……」

そういうことを思い出しながら、眠りにつける毎日がとても幸せなのだと、穂積は照れくさそうに笑った。

「……そんなささいなことばっかりで、本気でいいのかよ？」

「俺にとっては、大事なことですから」

まるでガキの初恋みたいな話だと思った。

その人と、ただ話をしたいだとか。

顔が見られただけで、その日一日ハッピーな気分になれるだとか。

好きな人が目の前で笑ってくれているだけで、幸せを感じるだとか。

すごく子供っぽいのに、純粋で、なのに真摯《しんし》で。

そこには駆け引きも、打算もなにもない。

ただ好きだという気持ちがあるだけだ。

「なぁ。お前……俺のどこを、そんなに好きになったわけ？」

思わず遠い目をしつつ呟くと、穂積は『え……？』と、その頬を少し赤くした。

「それ……聞きますか？」

別に、自惚《うぬぼ》れたいわけではない。

ただ正直なところ、自分にそこまでの魅力があるとは思えなかった。

顔はまぁ……部下からも、童顔美人と言われるくらいだ。そこそこ見られるのかもしれないが、飛び抜けていいとも思えなかった。それに若かった頃ならばまだしも、今は三十半《なか》ばを越えたただの子持ちのシングルファーザーだ。

こう言ってはなんだが、穂積のような見た目も中身も極上の部類に入る男から、そんな風にあがめられる要素はなにも持っていないと思う。

なのに今こうしているときでさえ、穂積の視線は少し熱っぽい。まるで絶世の美女でも前にしているかのように、頬を赤らめながらちらちらとこちらを見つめてくるのだ。

不思議に思って当然だろう。

「俺、人が食べてるところを見るのが好きなんです」

「へ？」

「竹内先輩に料理を出すと、ものすごく美味しそうに食べて、満足そうな顔をしてくれるじゃないですか」

「まぁ……そうだな」

食というものは、人間の基本的欲求の一番の基礎だ。

腹が満たされると、たいていの人間は幸せになれる。お手軽だが、生きていく上でとても大事な一歩でもある。

「だからです」

「はあ？」

（そんな理由かよ？）

あまりに単純で明快な理由に、面食らう。

そんなことを言ったら、穂積の料理を美味しそうに食べに来る店のお客全てが、恋愛対象になるじゃないか。

「幸せそうな顔して食べてる先輩を見ると、なんていうか、こっちまで泣きたくなるくらい美味しいものをお腹いっぱい食べた気になれます……」

「いやいやいや……俺がどれだけ食べたところで、お前の腹はいっぱいにはならないから。自分でもちゃんとメシを食えって」

思わず突っ込むと、穂積は小さく笑った。

「あと、それだけじゃなくて……俺、実は難読症《なんどくしょう》なんですよね」

「はい？」

「難読症です。こう……書かれている字とか数字が、人とはちょっと違って見えるんです。……っていきなり言われても、よくわからないですよね」

「……テレビとかで、ちらっとだけ聞いたことはある」

詳しくはないが、以前、なにかの番組でそうした特集をやっているのを見たことはあった。たしか……学習障害のひとつだ。

知能的にはなにも問題ないのに、文字を読んだり書いたりする機能だけが人と違っていて、文字を見ても他の人と同じようには認識できない……とか、たしかそんな内容だったはずだ。

「小さい頃は、文字を覚えるのがすごく大変でした。教科書を読むのは人一倍かかりましたし、カタカナや漢字が混じってくると、もう最悪で。……自分では、黒板に書いてあるとおりにノートへ書き写したつもりが、変な文字になっていたりして。教師からは『ふざけているのか』ってよく怒られたり……」

言いながら目を細めた穂積は、遠い過去を思い出すようにふっと息を吐いた。

「実を言うと……今でも、数字の6とか9をすぐに見分けるのはちょっと難しいんです。4もへんてこな形に見えますしね。訓練して、文字はある程度読めるようにはなりましたけど。ただ……難読症だって分かるまでは、親からもずっとバカだバカだと思われてたんですよね」

「穂積……」

「先輩も知っての通り、うちは弁護士一家なもので。出来損《そこ》ないだと特に、居場所がなくって」

穂積はなんでもないことのように淡々と話しているけれど、子供の頃、彼が過ごした日々がどれほど辛《つら》く重苦しかったかは、涼太にも想像が付いた。

（……知らなかった）

まるで一人だけ、出口のない迷路へと迷い込んだみたいな孤独があったはずだ。

周りの人と同じようにしているつもりなのに、伝わらない悲しみ。

他の人とは感覚が違うのだと知るまで、その意味も分からず、また理由が分かったところでどうしようもできない辛さ。

実の親からも落胆され続け、見放されていたのでは、さぞかし厳しい日々だったに違いない。

穂積があの頃、あの大きくて立派な家でぽつんと一人、いつも居心地悪そうに俯いていたわけが、ようやく分かった気がした。

涼太がゲームに誘ったとき、『いい。俺、バカだから……』と子供らしからぬ態度で、首を横に振っていたわけも。

「難読症って、遺伝的要素も多いみたいなんです。なので母と父はケンカするたび、『あれはうちの血筋じゃない。そっちの責任じゃないのか』ってお互いに押し付け合ってましたね。サラブレッド同士の結婚って、そういうところにまで気を配らないとダメなんだなって、不思議に思いましたけど……」

「……っざけんなよ。どんなガキでも、自分の子供だろうが」

それに怒りを覚えて思わず苦々しく吐き捨てると、穂積はなぜか嬉しそうに目を細めた。

「そんなときに、うちに遊びに来ていた先輩からゲームに誘われて。バカだから無理だって断わったら、『遊ぶのに、バカとか関係あるのか?』って一喝《いっかつ》されて、びっくりしました」

「……スマン。……そういう事情を、俺、考えもせずに…」

指摘されて、顔を手で覆《おお》う。

いくらなにも知らなかったとはいえ、あの頃、人とは違うことにきっとひどく苦しんでいただろう穂積の心のうちにも気付かず、ただの引っ込み思案だと思っていた自分を、呪いたくなった。

「いえ。あれで却ってすっきりしましたよ」

「……」

「それに、俺がヘタクソなホットケーキを焼いたとき、先輩、『これメチャクチャうまい』『お前すごいなー』って、ものすごく喜んでくれたでしょう?」

「ああ……あれな」

「今ならあんなぺっちゃんこの固いのじゃなくて、もっと上手に作れますけどね。ふわっふわでとろとろの、厚焼きにして」

「え、それは食べたいぞ」

食い気が勝《まさ》って思わず呟いた涼太に、穂積は破顔《はがん》しながら『分かりました。今度作りますね』

と頷いた。

「でもさ……あの頃お前が作ってくれたホットケーキも、俺にとってはすごい美味《うま》かったんだよ」

年下の穂積が、一生懸命作ってくれた形の悪いホットケーキに、いたく感動したのも事実だった。

そう素直に伝えると、穂積はどこか眩《まぶ》しそうに目を細め、その左頬に小さなえくぼを作った。

「そう言ってもらえるのが、俺には死ぬほど嬉しかったんです」

「穂積……」

「あの頃……俺はずっと周りから、バカだバカだと思われてて。『どうしてこんな簡単なものも読めないんだ』って親からも呆れられたり、叱られてばかりでした。自分でも本当に、俺はバカで出来損ないなんだって思い込んでましたけど。……先輩から『お前すごいな』って褒められたとき……、本気で泣きたくなりました」

「そんなの……」

「こんな自分でも、人になにかをしてあげて……喜んでもらうことができたのが、嬉しかったんだと思います」

ただ喜んでもらえたことが、嬉しかったのだと穂積は呟いた。

自分でも、なにかしら人の役に立てるということが。

「それからは何度も練習して、うまくなればなるほど先輩がまた笑って、喜んでくれるのが嬉しくて。そんな毎日が、本当に楽しくて……気が付いたら、好きになってました」

「……」

「あの頃の俺は、あなたに喜んでもらえることが、ただ幸せでした。それまでの灰色だった日々が嘘みたいに、毎日嬉しいことがたくさんあって。生まれて初めて……生きててよかったなと、そう思いました」

言葉がなにも見つからなかった。

顔を合わせるたび、繰り返し出てきたホットケーキ。そこにそんな意味が込められていたなんて、知らなかった。

「あの時間があったから、俺は料理の道に入ったんだと思います」

厳しくて辛い過去があったからこそ、今の自分がある。

そう告げた穏やかな彼の瞳には、なんの迷いもなかった。

「それに今のほうが両親とも兄とも、結構、仲は良いんですよ？　兄が親のあとをついでくれたおかげで、俺は自由にしていいって言われてますし。もともと期待されていなかった分、料理の道に進むときもあっさりと認めてくれて。……だから本当に、先輩には感謝しかないんです」

そう言って穏やかに笑った穂積に、涼太は激しく打ちのめされたような気分になった。

（そうか……。そんな風に、思っていたのか）

ふいに――穂積の告白が思い出された。

あの日、夕方の公園で『好きです』と呟いていた穂積。

あのたった一言に、彼がどれだけの思いを込めていたのかも知らずに、『俺にそれを言ってどうするんだ』と呆れたように罵《ののし》った。

彼からの精一杯の真心を、『ありえないもの』として受け取りもせずに、拒絶した。

彼が男だからという、それだけの理由で。

（……穂積はただ、伝えたかっただけなのに）

穂積が『最初からなにも期待していませんし、望んでいません』と言っていた意味が、今になってよくわかった。

『俺、人が食べてるところを見るのが好きなんです』そう呟いた通り、穂積はそれでいいと思っているのだ。

自分の腹を満たすことなんて最初から考えてもいなくて、他の誰かが幸せで腹いっぱいかどうかばかりを気にしている。

どれだけ自分が飢《う》えていたとしても。

幸せな食卓の輪の中に、自分も入れるだなんて、もとより考えたことすらないから。

それがなんだかとても彼らしくて、そしてものすごく切なかった。

「……どんだけ無欲なんだよ」

ぼそりと呟くと、よく聞こえなかったのか穂積は『え？』と目を瞬《しばた》かせた。

その顔に向かってこっちにこいとちょいちょい指を動かす。

穂積は『え？　え？　なんですか？』と慌てた様子を見せながらも、言われたとおり恐る恐る涼太へと近づいてきた。

自分よりも高い位置にある頭にぽんと手を置く。すると驚いたように穂積が目を瞑《つむ》ったが、涼太は気にせず少し乱暴なくらいの手つきで、がしがしと撫でた。

「な……なにを…？」

「……うちではな。みーちゃんがよく頑張ったときには、いいこいいこしてやるって決まってるんだよ」

「え…」

「お前、本当にすごいよ。えらい。……これまで、ほんとによく頑張ったな」

彼がここにいたるまで、どれだけの苦しみや悲しみがあったかは、涼太には本当のところは分からない。

それでもそうした苦い過去を乗り越えて、穂積は自分の手で未来を摑み、今は穏やかに笑っている。

そんな姿に、ふいに胸の奥が熱くなった。

いい年をした大の男を捕まえて、『いい子いい子』もないだろうとは思ったけれど、どうしても彼の努力を称《たた》えたくて、ついそんな手段をとってしまった。

そんな涼太の気持ちがちゃんと伝わったのか、それとも子供の頃に、そうして頭を撫でられた記憶が一度もなかったのか。

耳まで真っ赤になって俯いた穂積は、頭を撫でられながら、『……ありがとうございます』と泣きそうな顔で、笑った。


「竹内《たけうち》主任、ＳＫ商事の橘《たちばな》さんからお電話です」

「主任、午後からの会議資料なんですが、メールに添付《てんぷ》しておいたのであとで目を通してもらえますか？」

「竹内主任、打ち合わせの件ですが……」

次から次へ息を継ぐ間もなく流れてくる仕事を鬼のような勢いで片づけていると、気が付けばお昼の一時半をとうに過ぎていた。

「竹内主任」

「ちょっと、いったんストップ」

部下の嶋田《しまだ》から声を掛けられ、さすがに少し待てと手をあげる。

「メシくらい食わせろ。もう頭が働かない。っつーか、嶋田さんもメシはちゃんと食えよ」

社内は決算期間近のために全体がピリピリしている。それは涼太《りょうた》のいる営業部でも同様であり、残業続きの毎日にさすがにうんざりとしていた。

「ちゃんと分かっていますって。それで、これから『タキカワ』に行こうかなと思ってるんですけど、主任もどうですか？」

「そうか……」

どうやら嶋田も同じように休憩をと考えていたらしい。

（そういや最近、店の方には顔を出していなかったな）

繁忙期《はんぼうき》のせいで、外に食べに行くほどの余裕がなく、お昼のランチといえば手早く食べられるおにぎりか、社食のラーメンばかりが続いていた。

それでもありがたいことに夕食になればほぼ毎日、穂積《ほづみ》のうまい手料理が食べられていたために、あまり気にしていなかったのだが。

（たまには店の方にも、顔を出してみるか……）

そうと決まれば行動は早い。

涼太は交代で昼休憩から戻ってきた部下へいくつかの指示を伝えると、すでにコートを片手に準備を終えていた嶋田とともに、会社をあとにした。

「毎年のこととはいえ、ほんとここのとこずっと忙しくて嫌になっちゃいますよね」

「ああ。でもみんなよく頑張ってるよ」

「とかいいつつ、一番忙しいのに、主任はなんだか生き生きしてますよね」

「まぁ……食事だけは、いいものとってるからな」

「えー、羨《うらや》ましい。私も今日はがっつり食べちゃいますよ」

そんなくだらない会話をしているうちに、『タキカワ』の看板が見えてくる。

だがそのとき、中から女将《おかみ》さんが出てきて暖簾《のれん》を外そうとしている姿が見えた。

「ええ？　もしかして今日はもうおしまいなんですか？　まだ二時前なのに」

慌てたように嶋田が声を掛けると、女将さんは涼太たち二人の姿に気付いて、『あらあら』と小さく頭を下げた。

「いらっしゃいませ。残念なんだけど、今日の分のおかずがいくつか足りなくなっちゃったのよ。よければまだ、ビーフシチューとか、ポテトサラダとかならあるんだけど……」

「もちろんそれでいいです」

「はいはい。ではどうぞ」

女将に促《うなが》されながら中に入ると、すでにピークは去ったのか、店内はいくつかのグループが残っているだけだった。

いつもどおり、カウンターの端に座るとお手ふきを手渡される。

「ええと、今残ってるのはビーフシチューにポテトサラダ、鶏肉のピリ辛餡《からあん》……と、あとは白菜とベーコンの炒め物なんだけど。もうこれで最後だし、少しずつ全部お出しするわね」

「やったー。残り物には福がある、ですね」

どうやら涼太たちが本日の最後の客らしい。

嶋田はいいときに来たと大喜びだ。

女将さんがいそいそと器《うつわ》におかずを盛りつけてくれるのを待ちながら、涼太はふいと奥の厨《ちゅう》房《ぼう》へ目をやった。

「あの、ところで穂積は……？」

珍しいこともあるものだ。涼太が店に来たときは、いつもすぐに奥から穂積が顔を出すのだが。

カウンターの中には女将の他に、パートの女性しかいない。

「ああ。岩下《いわした》君なら今、明日の買い出しに行ってもらってるわ。思ったより早く今日のおかずが終わっちゃったから、明日の分少し多めに仕込んでおかないと……はい。これどうぞ」

「そうでしたか」

盆に載って出された料理は、相変わらずどれもこれもが美味《おい》しそうな匂いを放っていた。嶋田とともに並んで、『いただきます』と挨拶《あいさつ》してから口を付ける。

「あの……この鶏肉の餡かけって、もしかして穂積が……？」

「ええ、よくわかったわね。美味しかったから、今月からさっそく新しいメニューに加えてもらったの」

「そうでしたか……」

よかったと、胸を撫で下ろす。これは以前、彼が試作していた一品だ。涼太が『少しだけピリ辛でもいいかも』と言ったアドバイス通り、甘酢あんの中にぴりっとした生姜《しょうが》と豆板醤《トウバンジャン》のスパイスが利《き》いていて美味しかった。

「鶏胸肉だからヘルシーだし、でも結構ボリュームあるでしょう？　女性客にも人気なのよ」

女将が上機嫌に穂積を褒《ほ》めているのを聞くと、なんだか涼太までもが誇らしい気持ちになってくる。

「でも、この時間でもうおかずがなくなるって、すごい売れ行きなんですね」

「そうなのよ。嬉しい悲鳴なんだけど、本当にここ最近、お客さんがぐっと増えてね。私たち夫婦が飲み屋やっていたときよりも、繁盛《はんじょう》しているかもしれないわ」

「あら、それはうかうかしていられませんね」

「ねぇ。岩下君もこれだけ人気なんだし、本気で夜もお店をやってくれるといいんだけど……」

（え……？）

女将と嶋田の会話をなにげなく聞いていた涼太は、そのときピタリと箸《はし》を止めた。

「……あの。ここのお店って、夜も開く予定なんですか？」

「ええ。岩下君さえよければね。お客さんからもずっとリクエストされてるの。でも彼、夕方以降は忙しいからって、なかなか首を縦《たて》に振ってくれなくて……」

(聞いてないぞ、おい)

「それって、前から出ていた話なんですか?」

尋ねると、女将はぐるりと店内を見回したあとで、ふうと溜め息を吐いた。

「ここだけの話なんだけどね。うちの旦那、引退を考えているのよ。病院はそろそろ退院できそうなんだけど、もう年も年だし、お店を続けるのはしんどいらしいのよね。なので、できれば若い方にお店を譲《ゆず》りたいって、そんな話は前からちらちら出ていて…」

「穂積は、それになんて……?」

「岩下君? うーん、それがなんとも言えないのよね。まだ迷っているのかなんなのか、『もう少し考えさせて下さい』って、その一点張りで……」

(なに考えてるんだ、アイツ……)

以前に仕事の話をしたとき、穂積は『自分もいつかはお店を持てたら嬉しい』とそう話していたはずだ。

なのにその一番のチャンスを、見のがしているなんて。

「もちろん岩下君に譲れたら嬉しいわねって、夫とは話しているんだけど。こんな古ぼけた居酒屋なんかじゃなくて、もっと今時風のカフェっぽくしてくれてもいいし。お店の名前を変えたって構わない。岩下君の料理の腕はうちの夫のお墨付《すみつ》きだし、お客さんも若い女性客からサラリーマンまで、どんどん増えてるしね。でも、こればっかりは本人の希望もあるから……」

そう残念そうに溜め息を吐く女将の言葉を、涼太はどこか遠くで聞きながら、手にしていた箸を強く握りしめた。

「穂積、ちょっとこっち来い」

その日の夜、仕事は持ち帰ることにして早めに会社を出た涼太は、まっすぐに穂積と美空《みそら》が待つ自宅へと向かった。

リビングに入るやいなや首に巻いていたマフラーをとり、無言のまま鞄をソファへ置く。

「先輩？」

穂積を呼ぶ涼太の顔つきが厳しいことに気が付いたのだろう。

美空が『パパ、どうしたの？』と不思議そうにこちらを見上げてきた。

「みーちゃんはテレビでも見ててくれるか？　パパと穂積は、お仕事について大事な話があるんだ」

「おしごと？」

今まで穂積と仕事の話などしたことがなかったせいか、美空は一瞬怪訝《けげん》な顔をしつつも、『うん、わかったー』と素直に頷いた。

本当に手のかからない娘である。

怪訝な顔つきだったのは、穂積も同じだ。涼太が帰ってきて早々に、リビングから連れ出された形になった穂積は、首を傾《かし》げながらも玄関までついてきた。

「先輩？　どうかしましたか？」

「穂積……お前さ、『タキカワ』の店で、夜の部もやらないかって誘われてるんだってな？」

「え？　どうして……それ」

「今日の昼、女将さんから聞いた。しかも女将さんの話だと、大将はできればこのままお前に店を譲りたいって言ってるそうじゃないか」

問い詰めると、穂積はなにも言わずに黙り込んだ。

やはり本当の話だったらしい。

「女将さんはお前は息子みたいなもんだから、店を譲れるなら、改装も、店の名前も全て、お前の好きにしてくれて構わないってそこまで言ってたぞ。これって店を持つには破格の条件だよな？」

「……はい」

「お前、前にいつか自分も店を持ちたいって言ってたよな？　ならこれってすげーでっかいチャンスじゃないのか。なのになんで、ぐだぐだ二の足を踏んでるんだ？」

「それは……自分には、まだ少し早いかと思って……」

「本当にそれだけかよ？　まさかとは思うけど……美空のお迎えのため、とか言わないよな？」

ズバリ切り込むと、穂積は少し狼狽《うろた》えた様子でまた黙り込んでしまった。

瞬間、カッと頭に血が上るのを感じた。

「っざけんなよ！」

穂積の襟元《えりもと》をぐいと摑んで、壁に強く押し付ける。

自分よりも背の高い穂積を締め上げたところでたいした威力はないだろうが、それでも穂積は脱力したように項垂《うなだ》れた。

「誰がいつ、そんなことしてくれって頼んだよ？　俺たちの手助けをするために、自分のことを犠牲にするなんて、おかしいだろ！」

「別に……犠牲だなんて思っていません。俺がそうしたくてしたことで……」

「馬鹿野郎！　それが余計なお世話だって言ってるんだよ！　そういうのはな、ただの自己満足って言うんだよ！　お前がそうやって俺たちのためにって、大事な時間やいろんなものを犠牲にしたとしても、俺はお前になにも返せないって言ってんだろうが！」

「そんなこと……なにも期待してません」

「なら、なおさら悪い！」

いっそのこと、そこに邪《よこしま》な下心があったのならまだ納得がいくし、救いようがあるものを。無償の愛情を惜《お》しみなく差し出しながら、穂積はなにもいらないという。

それに『ラッキー』と乗っかってのうのうと胡座《あぐら》をかいていられるほど、涼太はおめでたくはなかった。

（……ダメだ。もう……）

穂積は本当にいいやつだ。

過去にあったたくさんの苦い経験や苦しみを乗り越えて、自分でここまで道を切り開いてきた男だ。

なのに……そんな穂積が自分といたら、ダメになってしまう気がした。

せっかくここまで、たくさんの努力を積み重ねてきたのに。

すぐ目の前に、大きなチャンスがあって手を伸ばせば掴めるはずなのに。

それら全てを、穂積はドブに投げ捨てようとしている。涼太たちといるために。

そんなのはごめんだった。

「穂積……。お前、もう明日からうちには来なくていいから」

「え……？」

「美空のお迎えは、前にきていたシッターさんの知り合いに、代理を頼むことにした」

「でも、あと二週間くらいですし……」

「そうだ。あと二週間もすれば敬一郎《けいいちろう》たちも日本に戻ってくる。だから、お前はもういいよ」

すでに用済みだとでも言うように冷たく言い放つと、穂積は見てわかるぐらい、がっくりと項垂れた。

「そう、ですか……」

「ああ。それとこれ……少ないけど持ってってくれ」

言いながら、背広の胸ポケットに用意していた封筒を手渡す。

「……これ、なんですか？」

「これまでのバイト代だよ。っていっても、たいした金額じゃないけどな」

「そんなの…、受け取れません！」

慌てて首を振って返そうとしてくる穂積の手を、押しとどめる。

「いいから受け取ってくれ。お前のこれまでの働きに見合う金額かどうかはわからないけど、受け取ってくれたほうが俺としては助かる」

言い切ると、手の中の白い封筒を見つめながら、穂積がぽつりと口を開いた。

「それは……これ以上、俺にまとわりつかれるのが、迷惑だってことですか？」

渡されたお金が、まるで手切れ金のように見えたのだろう。

お金を渡して、それでおしまいと割り切れる関係。

友人としてではなく、先輩後輩という関係でもなく、ただの雇用主とアルバイト。

「べつにどう思ってくれても構わない。ただ、ここ二ヵ月ものお前の貴重な労働時間を、俺が奪っていたのは事実なわけだし。これは正当な報酬《ほうしゅう》だ」

だから遠慮せずに持っていってくれと言いきると、穂積は身体の両脇にだらりと手を垂らして俯いた。

「……ただ、好きでいるのも……ダメなんですね」

ぽつりとした呟き。

自嘲に満ちたその声に、涼太はなにも応えられなかった。

そうだとも、そうじゃないとも。

「お前にはさ、……きっとお前の良さを分かってくれるような、お似合いの人が絶対いると思うよ。……俺みたいに頑固で、口が悪くて、ガサツな子持ちのオッサンじゃなくってもさ」

余計なお世話だというのは分かっている。ありきたりだけれど、他に言い様《よう》がなくて思ったままを口にすると、穂積は一瞬、泣き出しそうな顔で小さく笑った。

「そんなの、どうでも……」

その表情に、一瞬、胸が摑まれたようにはっとする。

なにか言いかけた穂積は、だがそこでふるりと首を振ると、口を閉じた。

「……分かりました。今日まで、ありがとうございました」

言いながら、頭を深く下げられて戸惑う。

世話になりっぱなしだったのは、こっちのほうだ。

「いや、俺も美空もお前には本当にすごい世話になったしな。俺のほうこそ礼を言いたいくらいで……」

「いえ。本当にすごい楽しかったんです。このマンションで一緒に過ごせたことや、みんなで食卓を囲んだことも。美空ちゃんとゲームしたり、先輩とくだらない話をしたり。うちの実家は……そういう家族団らんみたいな雰囲気が、まるでない家でしたから。些細《ささい》な毎日の繰り返しが、すごく楽しくて……」

「穂積…」

「それにちょっと……甘え過ぎてましたね」

そう言って目を細めた穂積は、区切りを付けるように一つ息を吸い込んだ。

「いつの間にか、これが当たり前の生活みたいな気分になっていました。……すみません。もともとただの短期バイトの代わりだったのに」

「いや……」

彼が謝る必要なんて、まるでない。

だが、有無《うむ》を言わせぬ調子で穂積はにっこりと微笑んだ。

「一応、今夜の鍋の用意はもうできていますから、あとは最後のしめにうどんを入れてください」

「あ、ああ…」

「じゃあ、本当にお世話になりました」

そういうと、エプロンを外した穂積は自分の荷物を素早くまとめ、潔《いさぎよ》すぎるほどの勢いでマンションから出ていった。

（これでいい。これでよかったはず……）

彼が笑うとき、いつもかすかに浮かんでいた、左側の小さなえくぼ。それをもう二度と見られなくなるのは残念に思ったけれど、これぱっかりは仕方がないだろう。

なにも返せない自分が、彼の足枷《あしかせ》になるわけにはいかない。

そう頭では分かっているはずなのに、なぜか一人分欠けたマンションの空気が急に寒々しく感じられて、涼太は自分の腕をぎゅっと摑んだ。


穂積が家にこなくなってからの一週間は、怒濤《どとう》の忙しさだった。

新しいシッターさんに美空のお迎えと留守番はなんとかお願いできたものの、当然の事ながらこれまでとは違って、夕食は帰ってから涼太が一人で用意しなければならない。

会社が繁忙期中だというのに、同僚や部下たちよりも早く上がらせてもらうことは申し訳なく、その分、涼太は家に持ち帰ってきた事務仕事を人一倍多くこなした。

穂積の完璧な手料理に慣れ親しんだあとで、再びコンビニ弁当やスーパーの総菜に戻るのはあまりに味気なく、仕方なく涼太はヘタクソながらも自分が作れる範囲の料理を頑張って作った。もちろん、穂積からの教えを思い出しながらだ。

家事を全てこなし、美空の世話をして寝かしつけたあとで、持ち帰ってきた仕事に取り組む。

当然のように、毎日の睡眠時間は削《けず》られていく一方だ。

それでも音《ね》を上げるつもりはなかった。

これは涼太自身が選んだ道だ。これまで、色々な人に助けられてきたけれど。

いい加減、一人で全てをこなせなくてどうする。

なにより……辛い境遇にあっても泣き言を言わず、もくもくと一人で道を切り開いてきた穂積のことを思えば、そう簡単に弱音は吐けなかった。

美空には穂積が来られなくなった理由を、『お店のお仕事のほうが忙しくなったから』とだけ伝えた。

突然の別れ話に美空は『え……。ほづみんに、もう会えないの?』と納得のいかない様子ではあったけれど、大人の仕事の邪魔はしてはいけないと子供ながらも理解しているのだろう。

仕方なさそうに『……わかった』と小さく呟いた横顔が、痛々しかった。

忙しさに追われているうちに、毎日は飛ぶように過ぎていき、やがて一人欠けたままの食卓もそれが当たり前になっていく。

それでもときどき思い出したように、美空が穂積の話をすることがあった。

「美空、お弁当の袋も忘れないようにな」

「はーい」

揃って玄関で靴を履《は》き、マンションの入り口を出て、いつものバス停へと向かう。

「パパ。今日のお弁当、なあに？」

「うん？　タコさんウィンナーと、クリームコロッケと、顔つきのゆで卵が入ってるぞ。あと、ウサギさんリンゴもな」

「そっか」

涼太の作るお弁当はいまだに見栄えがいいとは言えないが、それでも少しは上達したように思う。

毎回、似たようなメニューばかりになってしまって申し訳ないけれど、美空はそれに対して文句を言ったことは一度もない。

だが、本当は色々なことを我慢させてしまっていると知っている。

いつだって子供は、大人の事情に巻き込まれてばかりなのだ。

「美空……ほづみんのオムライス、食べたいなぁ」

幼稚園のバスを待つ間、涼太と手を繋ぎながらぽつりとそう呟いた娘の声に、胸がじくじくと痛んだ。

「……そうだな。パパも……死ぬほど食べたいよ」

溜め息交じりに呟くと、腹の底がぐぅぅと低く鳴った気がした。


美空の幼稚園から涼太の携帯へと着信が入ったのは、その日のちょうどお昼どきのことだった。

「美空が熱を?」

『ええ。今日は朝からなんだか元気がないなーとは思ってたんですけど、お弁当もほとんど食べなくて。先ほど保健室でお熱を計ってみたら、三十八度七分もあったので、すぐお迎えにきてもらえますか?』

「……わかりました。なるべく早く、迎えに行きます」

美空がそれほどの高熱を出したのは、初めてだ。

普段、風邪を引いてもあまり熱は出ない体質なのに、すでに三十八度を超えているとなると、かなり具合が悪いに違いない。

今はインフルエンザが流行《はや》っていると言っていたし、もしかしたら美空も移ったのかもしれない。予防接種は受けさせているものの、心配である。

（ともかくすぐにでも美空を幼稚園から引き取って、病院に連れて行かないと……）

仕事が忙しい時期に抜けさせてもらうのは本当に心苦しいものがあったが、今は構っていられない。

上司に許可を取り、部下たちにいくつか仕事の指示を出した後、涼太は駆け出すようにして会社をあとにした。電車に乗る時間も惜しく思えて、最寄り駅からタクシーを拾う。

幸いすぐにタクシーは捕まり、幼稚園でぐったりとしていた美空を引き取ったあとは、そのまま待たせていたタクシーで近くの総合病院まで運んでもらった。

平日の午後とはいえ、病院はかなり混み合っており、診てもらうまでの時間をイライラと過ごす。

その間、美空は涼太に凭《もた》れるようにしていたが、ぐったりと肩で息をしている様子が痛々しかった。

（俺がもっと早く、気が付いていれば…）

これだけの高熱だ。きっと家を出る前から調子が悪かっただろうに、お弁当作りでバタバタしていて娘の様子にも気が付かなかった自分に歯がみする。

思えばここ数日、家事と美空の世話、持ち帰ってきた仕事で手一杯で、美空自身の様子にまで気が回っていなかったように思う。

穂積が急に来なくなって、新しいシッターさんに引き合わされて。

……きっとかなり寂しい思いをしていたはずだ。

なのに文句一つ言わず、涼太や穂積のお仕事の邪魔にならないようにと気を遣っていた美空の気持ちを思うと、泣けてきそうになる。

（……俺は、保護者失格だな）

一人でも、立派に子育てできると信じていた。

自分が子供の頃してもらえなかったあれもこれも、全部を叶えてやるつもりでいたのに、現実では美空にはいつも我慢ばかりさせている。

そう思うと、ほとほと情けなくなってくる。

待合室で三十分ほど経過したころ、ようやく美空の名前が呼ばれた。

診察室に向かうと、優しそうな初老の医師が『どれどれ』と美空を診《み》てくれた。

「喉《のど》が赤くて、お腹は痛くない。インフルエンザの結果もマイナス……となると、風邪か、なにかのウィルスが移ったのかもしれませんねぇ」

「ウィルス……って、大丈夫なんですか？」

「まぁ、今のところは他に大きな症状も出ていないし、大丈夫でしょう。今日、明日は家で様子を見て、水分だけはちゃんととらせて、ゆっくり休ませてやってください。なぁに、子供っていうのは急に熱を出すもんですよ。そのくせ次の日にはけろっとしてたりする。一応、熱冷ましを出しておきますから、夜にでも辛そうだったら使ってください」

原因がはっきりとしないことには一抹《いちまつ》の不安を感じたものの、医者からの『大丈夫』という一言にホッと胸を撫で下ろす。

薬をもらって会計を済ませ、再びタクシーを捕まえてマンションに戻ったときには、美空はすでに涼太の腕の中で寝入ってしまっていた。

起こさぬよう服を着替えさせ、ベッドに眠らせる。

できれば薬を飲む前に食事をとらせたかったのだが、美空はむずかるばかりで食べようとしない。真っ赤な顔をして、ぐったりと布団の中で眠ったままだ。

(これ……本当に大丈夫なのか?)

美空はこれまで本当に、手のかからない子供だった。

こんな風に突然、熱を出して寝込むなんて一度たりともなかった。

(あの医者、ヤブじゃないだろうな? 子供はよく熱を出すものなんて……そんないい加減な台詞《セリフ》あるかよ?)

医者からの説明で一度はホッとしたはずなのに、今さらながらにあのときもっと突っ込んで話をよく聞くべきだったたと、激しく後悔してくる。

だが、どれだけイライラしながら美空の傍《そば》をうろついてみたところで、美空の容態がよくなるわけもない。

焼けるように熱い額を冷やしてやり、むずかるのを起こして何度か水分だけは取らせたものの、夜になっても美空の熱は一向に下がる気配はなかった。食欲も皆無《かいむ》だ。

もはやどうしてやればいいのかすら、涼太にはわからなかった。

（どうすればいい？　どうしたら……）

ネットで情報を探ってみても確実な解答は得られず、途方に暮れたままがしがしと自分の頭を掻《か》きむしった涼太は、藁《わら》にも縋《すが》る思いで携帯を手にとった。

（そうだ。美空が今朝、食べたいと言っていたあのオムライス……）

あれなら少しは食べられるかもしれないと、携帯の画面に映った穂積の名前をじっと見つめる。

一分か、二分か。それとも五分くらいはそうしていただろうか。

結局涼太は、どうしても通話ボタンを押すことができなかった。

こちらの都合で、穂積には色々と手伝ってもらい、そのくせいきなり遠ざけた。

どれだけ自分が身勝手なことをしてきたかは、彼を振り回した自分が一番よく知っている。

最後に小さく笑った穂積が、本当は泣きそうな顔をしていたのも忘れていない。

なのに、こんな時だけ頼るなんて……最低過ぎるだろう。

今さら、どんな顔をして『助けて欲しい』などと言えるというのか。

そう頭では理解していながら、なぜかこのとき涼太の頭にずっと浮かんでいたのは、穂積のことばかりだった。

目を細めて笑うとき、ほんの少しだけできる左側のえくぼ。今、彼に笑いながら『大丈夫ですよ』と言われたら、自分はどれだけホッとするだろうか。

（やっべぇ。俺、本当に情けない……）

誰かに縋ろうとしている場合じゃないはずだ。

愛娘《まなむすめ》があんなに辛そうに寝込んでいても、なにもしてやれていないのに。

だが、うまく頭が働かない。なんだかさっきからずっとくらくらしていて、冷静になってものを考えられないのだ。

涼太が再びぐっと携帯を握りしめたそのとき、まるで呼応《こおう》するかのように、手の中の携帯が華やかな電子音を鳴らした。


「竹内《たけうち》さん？　敬一郎《けいいちろう》さんがメシできたって言ってるけど、起きられるか？」

ノックの返事を待たずに、涼太《りょうた》の寝ていた寝室の扉をガチャリと開けたのは、オレンジ色の頭をした夏生《なつき》だ。

「……うん。もう起きるよ。大丈夫」

どうやら昼食の用意をしてくれたらしいと知って、涼太はのろのろとベッドから起き上がった。

「ほい、これお粥《かゆ》な。それと梅干し」

「なっちゃん、サンキュー」

リビングのテーブルにつき、差し出されたお盆をありがたく受け取る。お盆には小さな土鍋と茶碗《ちゃわん》、それから梅干しと白菜のお新香《しんこう》が載せられた小皿が乗っていた。

「しっかし日本へ帰国してきた早々、親子揃って風邪で寝込んでるとか、マジでびびったよ」

「ほんとに。まさか自分まで寝込む羽目になるとはなぁ…」

先日、美空《みそら》の熱が下がらずおろおろとしていた涼太の元へかかってきたのは、敬一郎たちからの帰国を知らせる電話だった。

聞けば早めの便がとれたとかで、帰国が早まった二人は、その日の朝に日本へ着いたばかりだったらしい。

『今度、竹内が暇なときにでもお土産《みやげ》を持っていきますね』と電話をくれた親友に、心細さも手伝ってか、気付けば涼太は思いきり泣きついていた。

その後すぐに二人は、時差ボケも厭《いと》わずに駆けつけてきてくれた。

本当に持つべきものは、頼りになる友人である。

だが夏生と敬一郎の姿を目にした途端、どっと安心したせいか、今度は涼太のほうがぶっ倒れてしまったというわけだ。

「美空のほうは一日寝てたら、あとはもうけろっとしてたし、昨日から幼稚園にもいってるけどさ。なんだかんだ言って、竹内さんのほうが長くかかってるよな」

「……ほっとけ。年を取ると、なかなか治りにくくなるもんなんだよ」

医者の言っていたとおり、一日ですっかり回復した美空とは対照的に、涼太が寝込んでからはもう三日目になる。

これが若さの違いというものか。

まぁ……それだけでなく、ここ最近の忙しさによる疲れも出たのだろう。

大人になってからこれほどの高熱を出したのは初めてで、会社には無理をお願いして、しばらくお休みをもらうことになってしまった。

同じ部署の人々には、あとでたっぷりと礼をしなければならないだろう。

「うう。うまそう……。いただきます」

早速、土鍋の蓋《ふた》をはぐると、ふわっと出汁《だし》のいい匂いが漂《ただよ》ってきた。

レンゲですくって口に含んだ途端、卵と出汁の柔らかな甘みが、ほどよく広がっていく。ところどころ小さく入っているのはホタテの貝柱だろうか？

病《や》み上がりの胃に、旨味《うまみ》がじんわりと染み通っていくのが分かる。

「うっま……」

作ってくれたのは敬一郎だろう。もともとマメで料理上手な友人だというのは知っていたけれど、どうやらますますその腕を上げたらしい。

帰国以来、敬一郎が毎日こうして恋人とともにマンションを訪れては、色々と差し入れしてくれるおかげで涼太と美空の胃袋はとても充実していたけれど、今日のお粥は特に格別である。

病み上がりとはとても思えない勢いでがつがつとお粥を平らげていると、キッチンから敬一郎がお茶とリンゴを持ってやってきた。

「竹内、ご飯は食べられそうですか？」

「うん。もう全然へーき。特に今日のお粥、死ぬほど美味《うま》いなー」

あっという間に空《から》になった鍋を見せつつ、『ごちそうさん。つーか、もうちょいおかわりないの？』と催促《さいそく》すると、敬一郎は弱ったように苦笑を零《こぼ》した。

「食欲のほうは、すっかり元通りみたいですね。残念ながらおかわりはないですけど……。まだ足りないようなら、他にもなにか出しましょうか？」

「んー。うち、他になんかあったっけ？」

「そうですね。美空のおやつ用にと思っていたホットケーキでしたら、用意できますけど……」

「あ、それも食いたい」

久しぶりの美味《おい》しい食事に、胃が喜んでいるのが分かる。

お粥ももちろん申し分なかったが、三日も寝込めば、もっとがっつりとしたものが食べたくなってくるというものだ。

涼太の言葉に敬一郎は『じゃあ、ちょっと待っててください』と断わって、席を立った。

「なっちゃんも、本当に色々とありがとうな。帰国したばっかだっつーのに、毎日見舞いに来てもらっちゃって……」

「俺？　お、俺のことは別にいいよ。たいしたことはしてねーし。帰国が少し早まっただけで、もともと今週いっぱいはお休みだったし……」

涼太が改めて礼を言うと、他人から礼を言われることにあまり慣れていない夏生は、耳朶《じだ》を赤らめてぶんぶんと首を横に振った。

「それに……美空もアンタも元気じゃないとか聞けば、俺もやっぱ気になるしさ……」

ぼそっと呟いた夏生の横顔を、まじまじと見つめる。

もともと根は素直な夏生だったが、最近は周囲の人間のことまで思いやるような発言が増えたようだ。

「なんだよ？」

じろじろと見つめる視線が気になったのだろう。訝《いぶか》しむように目を細めた夏生に、涼太は『いや』と頭を振った。

「なっちゃんも、最近はすっかりいい子になったなと……」

「な、なんだよ！　そういう親戚のジジイみたいな反応すんなよな！」

「あははは」

夏生は『むず痒《がゆ》いんだよ！』と激しく嫌そうな顔をしたが、涼太はそれに声を出して笑った。

恋は人を変えるというが、夏生ももちろん、敬一郎もその典型的な例だろう。

二人は一緒にいることで、とてもいい方へと変化しているように思う。

傍《はた》から見ている涼太には、それがときどきちょっとだけ眩《まぶ》しい。

（ほんとお互い、好きあってるって感じだもんな）

そんな二人を見ていると、恋とはなんなのだろう？　と不思議に思うことがある。

涼太もいい大人だ。この歳になるまで、それなりに恋はしてきた。

つきあっていた女の子に抱いていたのは、可愛いなとか、色っぽくていいなとか、守ってあげたいなとか、そんな感じのふわふわとした好意だ。

だが、そのどれもが軽く当たり障《さわ》りのないものばかりだったようにも思う。

美空の母親である元妻とも、そうだった。

敬一郎と夏生のように、お互いがお互いを必要とし合い、その人でなくてはダメなのだというような、絶対的な恋愛感情とはまるで違う。

元妻が浮気をしていると知ったときでさえ、激しいショックは受けつつも、追いすがる気持ちにはなれず、あっさりと離婚が決まった。

（……激しく人を恋《こ》うる気持ちっていうのが、俺には欠けてるのかもしれないな）

敬一郎と夏生だって、最初からうまくいっていたわけではないと知っている。

夏生は大のゲイ嫌いであり、敬一郎のことも蛇蝎《だかつ》のごとく嫌っていたはずだ。

それでも敬一郎は、夏生を好きになった。

絶対に、手には入らない相手。

そう分かっているのに、ダメなものを好きでい続けるのは相当しんどい話だ。

それは穂積《ほづみ》も同じだったろう。

自分は妻に対し、穂積たちのように『好きな人には幸せでいて欲しいから』と、そんな風に純粋な気持ちで接してはこなかった。

なんの見返りもなく、ただ笑っていて欲しいなんて。

(浮気されて、当然だったかもな)

「なぁ、なっちゃん。聞いてもいいか?」

「ん?」

敬一郎が剝《む》いてくれたリンゴを口に放り込んでいた夏生に向かって、涼太は口を開いた。

「なっちゃんはさ……どうしてあんなにゲイ嫌いだったくせに、いきなり宗旨替《しゅうしが》えして敬一郎とつきあう気になったわけ?」

いきなり深いところをズバリと切り込むと、あまりに予想外の質問だったのか、夏生は食べていたリンゴを喉《のど》に詰まらせ、ゴホゴホと咳《せ》き込《こ》んだ。

「竹内さん……アンタもしかして、まだ熱あんの？」

「いいや。まったく」

すでに平常運転だと首を振る。

「じゃあ、いきなりなんなんだよ……」

「うーん。いきなりっつーか、これは前から一度、聞いてみたかったんだよな」

死ぬほどゲイ嫌いだったはずの夏生が、どうして敬一郎と恋に堕《お》ちたのか。

その恋心はどこからやってきたのか、それを知りたい。

茶化すためではなく、ただ真剣にその心の内を知りたいと思った涼太の気持ちが伝わったのか、夏生はしばらくぱくぱくと口を開けたり閉じたりしていたけれど、最後には少し赤い顔をしてぷいと横を向いた。

「……しゃーねーじゃん。最初は確かに『ゲイなんてキモイ』とか『男同士でキスしたり触ったりとかありえねぇ』って思ってたけど。なんか……気が付いたらこうなってたんだよ」

実に素直で直球な夏生らしい返答だったが、却って少し心配になってきてしまう。

「なっちゃん……。そんなに単純でよかったわけ？　そこに男の矜持《きょうじ》とかはなかったのか？」

「……竹内。あまり余計なことばっかり言わないでください」

思わず突っ込むと、どうやらキッチンカウンターの向こう側でこちらの会話を耳にしていたらしい敬一郎から、静かな制止が届いた。

だがそれを無視して、涼太が夏生の横顔をじっと見つめていると、夏生は照れくささを誤魔《ごま》化《か》すようにがしがしとオレンジの髪を掻《か》いた。

「しゃーねーじゃん。……気付いたら、好きになってたんだから」

「そこのところを、もう少し詳しく」

キッチンカウンターの向こうから突き刺さってくる敬一郎の視線が、若干《じゃっかん》痛い気もするが、この際かまってなどいられない。

夏生がどうして敬一郎を好きになったのか、それはきっと敬一郎本人だって聞いてみたいに違いなかった。

「ほら……前に、敬一郎さんが、肺炎で入院したことがあっただろ？」

「ああ。そういや、そんなことあったっけな」

あれは多分、涼太と夏生が初めて顔を合わせたときのことだ。

敬一郎は夏生と二度と会えないかもしれないと落ち込み、夏生は夏生でいつの間にか入院していた敬一郎のことを、必死になって探していた。

「あのとき……もしもこれで二度と敬一郎さんと会えなくなったら、俺、絶対後悔するなーとか思ったし」

「二度と会えなかったら、か……」

たしかに人生、未来になにがあるのかなんて誰にもわからないのだ。

今日は会えたとしても、明日会えなくなっていることだって普通にある。

「それにさ……敬一郎さんみたいな人って、他になかなかいねーと思ったし」

口元を手で押さえながら、照れたようにそう呟いた夏生の横顔は、眩しかった。

「まぁ……たしかにそうはいないよな。人畜無害《じんちくむがい》っぽい顔して、実はツンデレ好きのムッツリスケベとか……」

「……竹内、君。本気で僕に殺されたいんですか？」

こちらまでなんだか照れくさい気分になり、涼太が思わず茶化すように合いの手を入れると、背後から低く押し殺すような声が突き刺さった。

（おー、こわ……）

いつもは超がつくほどお人好しの友人だが、夏生が絡《から》むと人格が変わるのもいつものことだ。

それでも涼太は知りたかった。

絶望的なほど『ない』と思われた二人が、どういう紆余曲折《うよきょくせつ》を経《へ》て、一緒に暮らすようにまでなったのか。

（……恋って、そんなもんか？）

涼太には、残念ながらそんな経験は一度もない。

誰かを想って身を焦《こ》がすような、胸が震えるような、そんな激しい恋の経験が。

「じゃあつまり……なっちゃんが敬一郎を好きだなって自覚したのって、もう会えなくなりそうだったから？」

「それもあったけど……。なんつーか、理屈じゃなくてさ」

そこまで呟いて、夏生はもう一度耳の後ろあたりを小さく掻いた。

「……目があったとき、『ああ、好きだな』って思ったんだよ」

――――ぽかんとした。

「目があって……え？　……まさかなっちゃん、それだけ？」

「うっさいなぁ！　いちいちんなこと、聞くなってば」

さすがにしつこく尋ねすぎたらしい。

頬を赤らめた夏生は、逆ギレしたようにドンとリンゴの載ったテーブルを叩いた。

「他にも……そりゃ、考えれば理由なんて色々とあるんだろうけど……。でも一番はそれだよ。なんかこの人のこと、好きだなって思ったし。もう一回会いたかった。……それだけ」

目があった瞬間、『好きだな』と思う。

もう一度、ただ会いたいと思う。

ただ――――それだけ。

（……そんな単純なことでいいのか？）

そう突っ込もうとして、涼太は自分の口元を押さえた。

いや――――多分、恋なんてそれくらい単純なものでいいのかもしれないと、一瞬、そう思ったからだ。

（そういや穂積も、似たようなこと言ってたっけ……）

ただ、傍《そば》で美味《おい》しそうに食べている顔が見たいのだと。

それだけで、十分に幸せな時間だったと。

あのときは『男のくせに、単純で無欲なヤツだな』と呆れたけれど。

（もしかして――その単純なことすら分かっていなかったのは、俺の方なのか……）

あの日、涼太の頬にそっと触れてきた穂積の手は、微《かす》かに震えていた。

そんな風に、自分はかつて誰かに触れたことがあっただろうか？

手が震えるほど、緊張して。

そっと頭を撫でてやったら、今にも泣き出しそうな顔をして笑っていた、あの優しくて寂しい男の横顔をふいに思い出す。

「用意できましたよ」

いつの間に近くまで来ていたのか、敬一郎がコトリと音を立てて皿をテーブルに置いた。

「うっわ。超、うまそー。ふわっふわのとろとろじゃん」

夏生が感嘆の声を上げ、涼太もテーブルに置かれた黄金色のホットケーキに、目を瞬《しばた》かせた。

三枚のった厚切りのホットケーキは見るからに柔らかく、ゆるくホイップされたクリームと、上に散らされたラズベリー色のソースが食欲を誘っている。

「これ……」

一瞬、声を失う。

(──敬一郎じゃないだろ)

わざわざ食べてみなくても、すぐに分かった。

厚焼きで、ふわふわの、フォークで触れたら蕩《とろ》けそうなケーキ。

これは……いつか穂積が自分に作ってくれると、そう約束したホットケーキだ。

「敬一郎」

「はい?」

「これ……お前が作ったんじゃないよな」

問いかけると、お人好しの友人は困ったように目を細めた。

「もしかして、さっきのお粥もか?」

そう尋ねながらも、涼太は心の中で確信していた。

(どうりでものすごく、俺好みだったはずだ)

「穂積なんだろ?」

「……ええと。一応、彼からは言わないでくれって頼まれてたんですけどね……。竹内の言うとおり、僕はただ温めただけです」

正直者の友人は、そこで小さく肩を竦《すく》めた。

「さっきこの部屋にくるとき、マンションのエントランスのところでウロウロしていた彼とばったり会ったんです。どうやらお店に来ていた会社の人から、竹内が寝込んでいると聞いたらしくて。彼としては自分でお見舞いにきたかったみたいですが……竹内に迷惑をかけたくないからって、差し入れだけ預かりました。差し入れた人物のことは、内緒にするって約束で」

「内緒もクソもあるかよ」

これだけ涼太好みのものばかり作っておいて、バレずに済むと思っているところが甘すぎる。

「穂積君とはものすごく久しぶりに会いましたけど、相変わらずとてもいい子でしたよ」

「……そんなん、知ってるよ」

言われなくても、そんなことは十分によく知っている。

知っているからこそ、これ以上、無駄な時間を使わせたくなかったのだから。

「自分は顔を出せないけどって言いながらも、美空と竹内のことを、すごく心配してました。もし食べられそうなものがあったら、他にも持ってきますからって」

「そっか……」

その情景が目に浮かぶような気がした。

きっと少し泣きそうな顔で、小さく笑っていたのだろう。

――いつもそうだ。

穂積は欲しいものがあったとしても、自分からは求めない。

どこか眩しそうな顔をして、遠くから眺めているだけで。

そのくせ自分は、相手が幸せであるためにとその手で作り出したものを、精一杯差し出そうとする。

涼太は皿の横に置かれたフォークを手にとると、柔らかなケーキにそっと差し入れた。

ナイフなどいらないくらい柔らかく、さくっと切れたホットケーキは、厚みがあるのに口にいれた瞬間、ふわりと蕩けた。

ゆるめのホイップクリームはほんのりと甘く、ラズベリーの甘酸《あまず》っぱいソースの香りが鼻から抜けていく。

極上のホットケーキ。

これを……穂積が作ってくれたのか。自分と美空のためだけに。

そう思った瞬間……胸が震えた。

腹の底がよじれるような、胸を鷲《わし》づかみされているかのような、そんな感覚に揺さぶられる。

ふわふわとして足元からふらつくような、それでいて身体中に喜びが溢れるような。

そうして気が付けば……穂積に会いたいと、涼太は強くそう思っていた。

今すぐ、彼に会いたいと。

三十数年生きてきて、こんなにも強い衝動は初めてだ。

「嘘だろ……」

ありえない。

これまでの経験から言って、自分が同性に惹かれることはまずなかったし、今後もきっとそうだと信じていた。

だが……穂積といるとき、彼を可愛いと思うことがたびたびあった。

自分より年下で、妙に背が高くて、ガタイが良くて、器用な指先を持つ男。

男だと分かっていながら、なぜか可愛いと思ってしまうのが不思議だったけれど。

夏生が口にしていた、『ただ、もう一度会いたい』と願うその気持ちが、もしも恋だというのなら。

――自分はとうに、その状態だったんじゃないだろうか。

そのことに今、なぜか唐突に気付いて、涼太は慌てて口元を押さえた。

「竹内……どうかしましたか？」

「まさか、そのホットケーキが死ぬほどまずかったとか？」

敬一郎と夏生の二人が、焦ったように涼太の顔を覗き込んできたけれど、涼太はなにも答えることができなかった。

「っていうか、竹内さんさ。やっぱりまだ熱あるんじゃねーの？　なんか顔、赤いよ？」

「本当ですね…。竹内、大丈夫ですか？」

代わる代わる尋ねられても顔を上げられず、涼太は口元を押さえたまま、ただ目の前のホットケーキをじっと見つめた。


会社帰り、病み上がりということでいつもより少し早めに上がらせてもらった涼太は、とある駅に降り立った。

以前、本人から聞いていた住所へスマートフォンのナビを頼りに辿《たど》り着く。二階建てのこじんまりとしたアパートの二〇一号室が、穂積の部屋だ。

涼太は階段を上ると、『岩下《いわした》』と書かれた部屋の前で立ち止まった。

（さて……なんて声をかけるべきか）

扉の前でさんざん悩んだものの答えは見つからず、最後には『なんとかなるか』とすうと息を吸い込み、インターフォンを鳴らす。

だが返ってきたのは沈黙だけだった。どうやら穂積はまだ仕事場から戻ってきてはいないようだ。そのことに気が付いた瞬間、涼太はそれまで止めていた息をはぁぁと腹の底から吐き出した。

自分は、思った以上に緊張しているらしい。

（おっかしいな……。これまでどうやってアイツと話をしてたんだっけ？）

穂積の方からいつも来てくれていたから、こんな風に相手の家を突然訪ねることが、どれくらい勇気のいることなのかも知らずにいた。

「はぁ……」

いきなり予告もなしに押しかけてきた涼太に、穂積はどんな顔を見せるのだろうか。さんざん振り回したあげく、『うちにはもう来るな』と禁止令まで出したくせに、今さらなんだと迷惑そうな顔をされるかもしれない。

それでも涼太が思い切って穂積を訪ねようと思ったのは、いい加減、白黒つけたいと思ったからだ。

穂積と会いたいと思ったり、可愛いと感じる気持ちは、いったいどこからやってくるのか。それら全てを、まずは確かめてみたいと。

（それに、礼を言わなきゃだしな……）

穂積が先日差し入れてくれた、たくさんの料理が入っていたタッパーや、それを包んでいた袋。それらを返すという口実の元、こうしてはるばるやってきたわけだが、いざとなると足が竦んだ。

……穂積も、もしかしたらこんな気持ちだったのだろうか。

いつも涼太に会いにくるとき、こんな心許《こころもと》ない気分になっていたのか。

だとしたら最悪だ。自分がこれまで穂積に言ってきたきつい言葉やつれない態度を思い出すたび、今さらながらにじくじくとした後悔に苛《さいな》まれる。

（さて、どうするかだな）

ここで穂積の帰りを待つべきか、それとも改めて店の方に顔を出してみるべきなのか。

「……え？　竹内、先輩？」

そのとき背後から懐《なつ》かしい声が聞こえた気がして、涼太は慌てて振り返った。

（――穂積だ）

背が高く、すっと伸びた首筋。夕焼けに照らされた頬に浮かぶ、小さなえくぼ。

大きく見開いたまま、こちらをまじまじと見つめてくる切れ長の黒い瞳。

それらを目にした瞬間、涼太は『……ああ』と思って、目を細めた。

（……悔しいけど、なっちゃんの言うとおりだな）

二週間ぶりの穂積と目があったとき、涼太の胸にどっと溢れたのは確かに喜びの感情だった。

ちょっとだけ光って見えた横顔も、綺麗な黒髪も。

ただ、好きだなとそう思った。

これが恋だというのなら、きっとそうに違いないのだろう。

（そうか。……これが、恋しいということか）

過去に感じたあのときも、あのときも。

心が『この人だ』と叫んでいたのに、自分は見ていなかった。

彼が男だからという理由だけで、その全てを排除していた。

穂積と会っているとき、どれだけ心が癒《いや》されたとしても、まるで知らないフリをした。

自分は女性しか好きになれないはずだと、そう頭から信じていたから。

「あの……先輩が、どうしてうちに？」

恐る恐る声を掛けられて、はっと我に返った涼太は、手にしていた紙袋を掲《かか》げて見せた。

「いや、あの、これを返そうと思ってさ。タッパーとか、袋とか……お前が届けてくれたんだよな？」

「あ……」

口にした途端、穂積がさっと顔を強《こわ》ばらせるのが見えた。

「すみません。……もう関わるなって言われてたのに……」

「え？　あ、いや、違う違う！　違うから！　別に、このことでお前を責めに来たとかそんなんじゃないから！」

慌ててぶんぶんと首を振る。

どうやら穂積は、自分が余計なおせっかいを焼いたことで、涼太がまた釘《くぎ》を刺しに来たとでも思っているらしい。

そう思わせてしまったことに、ズキズキと胸が痛んだ。

「あのさ……今さらだけど。ほんとに差し入れはすごく嬉しかったよ。ずっと寝込んでたし、ろくなもん食べてなかったから助かった。お粥も死ぬほど美味《うま》かったし、ホットケーキも最高だった。……ありがとうな」

礼を言うと、穂積は一瞬虚《きょ》を突かれたように黙ったが、やがてホッとした様子で息を吐いた。

「それなら……よかったです。美空ちゃんと二人して寝込んでるって聞いたので、もしかしてなにも食べられていないのかなって、気になっていたんです」

言いながら、穂積は涼太が持っていたタッパーなどが入った袋を受け取った。

「捨ててくれても良かったのに、わざわざ届けてくれてありがとうございました」

そういうと、あっさり部屋の中に入ろうとする背中を慌てて呼び止める。

「いや、あの、ちょっと待った！　待ってくれ」

「はい？」

不思議そうに振り返った穂積を見上げて、涼太は次の言葉が見つからず、声を喉に詰まらせた。

（……なんていえばいいんだ、この場合）

さんざん振っておいて、二度と会いに来るなと釘まで刺しておいて。

それで『気が付いたら、好きになっていたみたいです』とか、今さらどの口が言える？

（だいたい、告白ってどうすりゃいいんだ？）

これまでの恋愛経験で、涼太から告白したことは実は一度もない。

相手からアプローチされてつきあうことがほとんどだったし、いいなと思った女の子には優しくしてあげていれば、たいてい向こうから告白してきた。

だが、男の場合はどうなんだろうか。

なによりも、過去に二度も『お前とつきあうことは一生ない』だとか、『これ以上、無駄なことするな』とまで言い切った相手だ。

なのに――今さら、なんて言えばいい？

なんて言えば、伝わる？

「竹内先輩？」

初めての『告白』という行為の重さに、全身が強ばっていくのが分かる。

身体中の血管が、破裂しそうにどきどきしている。

頭に血が上って、なのに手のひらだけ妙に汗を掻いていて、指先はひどく冷たい。

口から、心臓が飛び出そうだ。

（みんな……よくこんなに怖くて、死にそうに恥ずかしいことができるな）

だが、かつて穂積はそれをやってのけたのだ。

振られると分っていながら、その気持ちをちゃんと届けてくれた。

あの夕焼けの公園で、どれだけの勇気を彼が振り絞《しぼ》ったのかを思えば、涼太一人がこんなところで立ち止まってなどいられなかった。

息を一つ、すうと吸い込む。

「あの……さ。昔、俺が言ったこと覚えてるか？」

問いかけると、穂積はなんの話かと首を傾《かし》げた。

「え？」

「ほら、俺のガキの頃の将来の夢っていうか……。いつか、料理上手で美人な嫁さんをもらって、可愛い子供に囲まれて、あったかい家庭を築くっていう……」

今にして思えば、随分と幼い夢だった。

「ああ……」

「結局、結婚した元嫁さんとはうまくいかなかったし、あったかい家庭どころか、シングルファーザーになって、美空にも迷惑かけたし。ほんと理想と現実は違ってたわけだけど……」

「でも、美空ちゃんのことは、可愛いお子さんを持つ夢がちゃんと叶ったじゃないですか」

「うん。みーちゃんのことだけは、我ながらいい娘を持てたって自慢できるんだけどな。あとはもうボロボロっつーか。離婚が決まったとき……俺としてはシングルファーザーとして生きていく以上、恋愛はもう必要ないなって思ってたんだよ。パパが、恋愛してちゃダメだろって」

いつかまた誰かと恋することがあっても、子育てが全て終わってからだと信じていた。その時までは、そんな余裕はまったくもってないのだと。

「でも……お子さんがいても、再婚されている方はたくさんいますし、恋愛がまったくダメっことはないと思いますけど……」

「うん。そうなんだよな。今まではいっぱいいっぱいで、そんな風にはとても思えなかったけど。……だからお前のことも、男だからとかそういう以前に、そんな時間はないってことで頭ガチガチで。その……色々言っちゃって……悪かったと思ってる」

　ぺこりと涼太が頭を下げると、穂積は慌てたように『そんなこと気にしないでください』と手を振った。

　時間がないだとか、心に余裕がないだとか、そんなのはきっといいわけだった。

　自分がこれまでそうやって見て見ぬフリをしてきた大事なものを、今こそちゃんとこの手で掴みたい。

「あのな。……俺、恋愛解禁することにしたから」

　決意を持って呟くと、穂積は一瞬呆気《あっけ》にとられたような顔をした。

「え……」

「解禁っていうのも違うか。なんか……こう、一緒にいて気が付いたらもう手遅れだったたっつーか。いつの間にか、すげー好きになってたっつーか……」

「そう…なんですか?」

「う、うん。あの、お前には、ほんと呆れられそうなんだけど……。なんつーか、いつも俺のためにうまいメシ作ってくれたり、美空のことも大事にしてくれたり……。そういうのが、ずっと死ぬほど嬉しかったんだって気が付いたら、もうどうしようもなくなってたっていうか。すごい……ほんと、今さらなんだけど」

（ああ、ダサイ。俺、今ものすごくダサイ……）

どうして穂積に惹かれたのか、それを順序よく説明しているつもりが、なんだか口がまわらなくて、しどろもどろになっているのが自分でもよく分かる。

いつもの軽快なおしゃべりはどうしたと、自分で自分につっこみたいくらいだ。

手のひらにじっとりと滲《にじ》んだ汗が気持ち悪くて、涼太はスーツのズボンでごしごしと拭《ぬぐ》った。

「だいたいさ……男なんて単純だし、胃袋摑まれたらそれで終わりなんだよな」

「そういうもの……ですか?」

「そういうものなんだよ」

改めて、力説《りきせつ》する。

「あ……でも、別に惚れたのはそこだけじゃないからな?　料理が美味いのはもちろんポイント高かったけど、他にもいいなってところは色々とあって……」

いやでもこれじゃ、まるで料理の腕だけが好きと言ってるようなものかと、慌ててその先を続けようとしたとき、目の前にいた穂積がなぜかふっと目を細めて、切なそうに笑った。

その表情に、目が釘付けになる。

「じゃあ、今度こそ……その人と、うまくいくといいですね」

（――――は？）

　穂積の言葉に、一瞬頭の中が真っ白になった。

「……なに言ってんだ？」

「え？」

「穂積。……お前、今の俺の話、ちゃんと聞いてたか？」

「え、ええ。料理上手で、美空ちゃんのことも大事にしてくれる素敵な女性に、出会えたんですよね？」

（――――どうしてそうなるっ？）

　自分としては精一杯、それこそ清水《きよみず》の舞台から飛び降りるような気持ちで、一世一代の告白をしたはずなのに。

　なぜそれが、当の本人である穂積には伝わっていないんだ？

「お前……お前、ムカつくな」

「す、すみません？」

　ふるふると肩を震わせながらぼやくと、穂積はわけがわからないという顔をしながらも、慌てて謝ってくれた。

　それにますます、いたたまれなくなる。

　いやそれよりも今まさしく問題なのは、涼太の言う『好きな相手』が自分ではないと、穂積がそう信じ切っていることだろう。

(そりゃ、今までのことを思えば仕方がないのかもしれないけど……)

だからって、もし自分の好きな相手から『恋をしている』と聞かされて、それで『今度こそうまくいくといいですね』なんて、普通そんな風に言えるだろうか?

「……穂積。お前……自分が幸せになりたいとか思ったりしないわけ?」

「俺は、今でも結構幸せですけど?」

「そういう意味じゃなくてさ……」

穂積はいつも自分のことは、どうでもいいと思っている。

他人の幸せを目にしても、それを羨《うらや》むわけではなく、自分には手に入らなくて当然だから、ただ遠くから見ていられるだけでいいと思っているのだ。

(――――そんな幸せ、あるかよ)

でも……きっと彼をそうさせたのは、周りの全ての人間なのだろう。もちろん、涼太自身も含めて。

誰もが寄って集《たか》って、穂積に『お前にはどうせ無理なんだから、遠くから指を咥《くわ》えて見ていればいい』と思い込ませ、幸せという蚊帳《かや》の外に放り出した。

穂積に、諦めることばかり押し付けて。

(ふざけんなよ)

他の人がお腹いっぱい幸せに満たされるのを見ていられれば、それだけで自分も幸せだなんて、そんな寂しいことはもう言わせたくなかった。

たとえ今さらだと、笑われてもいい。

本当の気持ちを穂積にちゃんと伝えたい。

「穂積、あのな……。俺が好きなのは、お前だって言ってんだけど」

「……はい？」

涼太としてはかなりの覚悟を決めて告げたつもりだったのに、とうの穂積は摩訶《まか》不思議な話を聞かされたというような表情で、なんのことかと聞き返してきた。

それに思いきり、脱力してしまう。

涼太はがりがりと頭を掻きむしると、その頭ごと両手で抱え込んだ。

「あー、クソ。メチャクチャ恥ずい。人が生まれて初めて告白してんのに……鈍《にぶ》いにもほどがあるだろ。順を追って説明してるつもりが、他の女と『うまくいくといいですね』とか言われちゃうし。……なんなんだよ」

「あ、あの……竹内先輩？」

「……俺だってな。自分がすげーダサイことくらい自覚してるんだよ。さんざんお前のこと振って、振り回しておいて、今さらどの面《つら》さげて『好きになりました』とか言えるっていうんだ。それを十分に分かってて、それでも必死にだな……」

とてつもない恥ずかしさと居たたまれなさに、ものすごい勢いで口から言葉が滑《すべ》り落《お》ちていく。そんな涼太を呆然と見つめていた穂積は、やがて小さく口を開いた。

「先輩……もしかして俺のこと、……好きなんですか?」

「……おうよ」

「え?　これ……なにかのどっきりとかじゃなくて?」

(どっきりときたか……)

「……お前の中で、俺はどれだけ性悪《しょうわる》なんだ……」

頭を抱えたまま思わず遠い目をしてしまう。

「いえ、天地がひっくり返ってもありえないと思ってたので……」

「……こっちはもうとっくに、天地なんかひっくり返ってんだよ。それに……自分がどれだけ身勝手なこと言ってるかも、重々分かってるつもりだ。だから……お前には今さらすぎるだろとか、俺のことなんかもうとっくに好きじゃないって言われたとしても、仕方がないって覚悟もしてる。……それでも一応、ちゃんと言っときたくてだな……」

「好きですよ」

涼太の独白を遮《さえぎ》るように、穂積がそこに言葉を重ねた。

「俺は、今もあなたが好きです」

「……穂積」

その顔を見上げると、昔と変わらずに真摯《しんし》な瞳がそこにはあった。

「……あなたが好きです」

遠い昔と、同じ熱量を孕《はら》んだ真摯な告白。

それが耳を通って腹の底にまで落ちてきた瞬間、心と身体がびりびりと震えた。

「俺はたぶん……竹内先輩のことは一生好きなんだと思います」

さらに告げられた一言に、耳たぶがカッと熱くなり、ぶわっと全身に鳥肌がたつのが分かった。

「お前、お前……毎回よくそういうの、素面《しらふ》で言えるよね」

ついそう口にしてしまったのは、大きな喜びと恥ずかしさが胸一杯、溢れたからだ。

「仕方ないです。心が……ただ、あなたが好きだって言うので」

「……そういうの言ってて、恥ずかしくない？」

指摘した途端、赤くなった穂積の顔がこれ以上ないというくらい、さらに染まった。

今にも湯気が出てきそうだ。

「でも、本当のことなので……」

（やばい。嘘だろ。なんだ、これ……可愛い）

自分よりも体格が良くて、背も高くて、ごつい身体をもつ男なのに。

それでもやっぱり、こういう穂積を見るたびに、可愛いなと思ってしまう。

（……やばい。触れたい）

衝動的に、そう思った。

自分からも、穂積に死ぬほど触れたくなっている。

あの真っ赤になっている耳朶《じだ》に、噛みついてやりたかった。

こんな気持ちを……どうしてこれまで、自分は知らずに生きてこられたのだろう。

こんなにみっともない告白しかできなくて、いまさらなのにジタバタともがいて、あがいて。

なのに、それがこんなにも気持ちいいなんて。

「お前……ずるいだろ」

「えっ？　な、なにがですか？」

（そんな風に可愛く言われたら、こっちも腹を括《くく》るしかねーじゃんか）

涼太は改めて穂積を見上げるともう一度、大きく息を吸いこんだ。

「俺も……好きだ」

その日を見つめ返して、真摯に呟く。

昔、夕焼けの公園で、彼が精一杯の気持ちを伝えてくれたのと同じように。

「穂積のことが、大好きだ」

疾風《しっぷう》のごとく抱き留められて、気が付けば場所も構わず穂積の腕の中にいた。

穂積の身体をそっと抱き締め返すと、自分よりずっと大きな身体が、まるで子供みたいに震えているのが分かった。

それにジンと胸が熱くなる。

「穂積、穂積……ここ、外！　お前の部屋の前」

がむしゃらにしがみついてくる穂積をなんとかなだめすかし、穂積の部屋の中へと二人で滑り込んだあとは、もはやなんの障害もなく、お互いに好きなだけ抱きしめあった。

数え切れないくらい、キスもした。

涙で真っ赤になった顔が愛《いと》しくて、最初にキスをしかけたのは涼太の方からだ。

触れ合った唇に初めはびっくりしたような顔をしていた穂積も、それがもう許されるのだと知った途端、まるで渇ききった旅人が水を求めるみたいに、何度も何度も飽きることなく繰り返しキスしてきた。

これまでどちらかといえば、自分からすることが多かったから、こんな風に食べられるみたいなキスをされるのは初めてだ。

（うん。悪くないな……）

自分よりデカイ男にがっつかれたら引くかもしれない……と内心ちょっとだけ不安があった

けれど、どうやら自分はこの状況を、かなり楽しんでいるらしい。

なにより必死になってしがみついてくる穂積のことが、可愛くて仕方なかった。

ぽんぽんとその頭を、今すぐ撫でてやりたくなるくらいに。

やがて嵐みたいだった時間は過ぎ、穂積は床に押し倒した涼太を抱き締めたまま、肩に額を埋《うず》めて動かなくなった。

(玄関だと、ちょっと背中がいてーんだけどね)

そうは思ったが、涼太は大人しく穂積の腕の中に抱かれていた。

その身体がずっと震えていることも、額を押し付けたままの肩口が熱く濡れているのも、気付いていたから。


玄関から移動してからも、キスはした。

穂積の部屋は典型的なワンルームで、ベッドの置かれた八畳間が居住空間らしい。

小さな座卓に向かいあって座るよりも、ベッドに直接腰掛けたほうが楽だったし、なにより今はどうしても離れがたくて、そのまま二人でベッドへとなだれ込んだ。

上になり、下になりながら、飽きることなく互いに触れあい、その感触を楽しむ。

途中、なぜかクスクスとした笑みがどちらからともなく零《こぼ》れてきて、その笑みを塞《ふさ》ぐようにまたキスをした。

（あー、やばい。気持ちいい……）

ただお互いにあちこち触れ合って、キスをしているだけなのに、なぜかそれがメチャクチャ気持ち良かったし、嬉しかった。

自然と零れる笑みを口元に湛《たた》えながら、穂積の黒い髪をくしゃりと撫でる。

見た目よりもずっと柔らかな穂積の髪は、触り心地が良かった。

「分かった」

「……なにがですか…？」

「恋ってこんな感じなんだな。俺……お前に触れてて、死ぬほど可愛いし、嬉しいわ」

涼太がそう口にした瞬間、穂積の顔が、再びぶわっと赤く染まった。

「もう…もう……っ」

その赤くなった口元を押さえながら、なぜか人の上でじたばたと身悶《みもだ》えている穂積をきょとんと見守る。

「どしたよ？」

「そ……そういうの、やめてください」

「なにが」

「竹内先輩って、本当に……。俺のこと煽《あお》るの、上手ですよね」

「どこがだよ、おい」

「……昔っからそうなんですよ。竹内先輩って、俺の心を平気で煽るようなことばっかり言うから……。そんな風に俺の心を鷲《わし》づかみにして、どうするんですか？　……これ以上、好きになりようがないのに」

そう真剣に訴えてくる穂積は、すでにまた涙目だ。

（――やばい。こいつ、マジで可愛いな）

自分よりデカイ男を死ぬほど可愛いと思うだなんて、これが恋のなせる業《わざ》というものか。それとも目が腐ってきているのか。

「あー……。おまけにもう一つ、なんか分かってきたぞ」

「なにがです？」

「いや、敬一郎のことなんだけどさ。アイツ、デカくて目つきの悪い恋人のことを、いつもすごく可愛い、世界一可愛いってのろけてくれるんだよな。これまでは、『頭、沸《わ》いてんじゃないか？』って思ってたんだけど。なんか、今になってその気持ちがよく……む…は…」

敬一郎の話をしていた途端、いきなり無茶苦茶にキスされてしまった。

それも、呼吸を止めかねないほどの勢いで。

腰を押し付けられながら、角度を変えつつ、しゃにむにキスをされて呆然となる。

——たっぷりと、貪《むさぼ》られた。まさに、そんな感じだ。

「……いきなり、どしたよ？」

息も絶え絶えになりつつ、自分の上にいる穂積を見上げると、なぜか穂積は泣きそうな顔で眉を顰《ひそ》めていた。

「……二人の仲の良さは知ってます。……だけど、こんなときまで……山沖《やまおき》先輩の名を出さないでください」

言いながら、そう頼み込むように額を押し付けてきた男の横顔には、苦悩が浮かんでいた。

——驚いた。どうやら穂積は、敬一郎に嫉妬しているらしい。

これまでそんなこと、おくびにも出さなかったくせに……可愛いやつだ。

穂積の本気を感じ取った瞬間、涼太の背中にぶるっとした震えが走り抜けていくのが分かった。

「……すみません。呆れましたか？」

「いーや。……どっちかっつーと、俺は今、自分自身に呆れてるよ」

この歳になって、初めて知った。

どうやら自分は相手から無我夢中で欲しがられると、ひどく萌えてしまうタチだったらしい。

この胸の中にはきっと、人を激しく恋うる気持ちなどないのだろうと、そう思っていたはずなのに。

涼太を激しく求めてくる穂積の視線に、年甲斐《としがい》もなくドキドキしてしまっている。

まったくもって、恋は人を変えるとしかいいようがない。

「竹内先輩……？」

涼太はその頭をぐしゃりと撫でると、素早く身につけていたネクタイを抜き取った。

それをぽいとベッドの脇へと放り投げ、自らシャツのボタンを外していく。

こくりと、喉の鳴る音がする。

「ほら、こいよ」

苦笑しながら呟くと、じっとこちらを見つめていた穂積の視線に、明らかな熱量がじわりと籠もるのが分かった。


一度腹を括ってしまったら、あとはもう簡単だった。

相手が男だとか女だとか、そういうのはまったく関係なく、好きな相手に触れて、触れられていることが、ただ嬉しかった。

キスをして、互いに触れあい、熱を高めあう。

穂積はがっついてはいたものの、その手つきはとてもとても丁寧だった。

彼が料理を作るときと同じように、器用な指先に残っていた衣服をつるりと剝《む》かれ、隙間なく愛撫されていく。

髪や、指先や、脚の付け根。爪先まで口付けられて、全身に甘い痺《しび》れがぶるりと走った。

こんなにも丁寧に誰かに触れられたことはないってぐらい、慎重に、かつ丹念に全身の快楽のスイッチを探られ、息がだんだんと上がっていく。

身体を寄せ合い、ぴたりと重なるように素肌を擦《こす》り合《あ》わせて、それだけでたまらなく気持ち良くて、クスクス笑いながらまたキスをした。

あれほど『男とは絶対に無理だろ』とこだわっていたのが、嘘みたいだ。穂積にされること全てが気持ちよくて、涼太は尻の奥をそっと指先で辿られたときも、自分から脚を開いて受け入れた。

「ん……あ、……っ」

穂積の方も『欲はないです』と言っていたのを忘れたみたいに、そこを熱心に辿ってくる。そのまま熱く震える前を、穂積の口に含まれたとき、涼太は声を上げて乱れた。

そんな自分の恥態を穂積がうっとりとした欲情の滲《にじ》んだ瞳でじっと見つめてくるから、声を隠すのもバカらしくなり、涼太はわざと大胆に振るまうことにした。

「あ、やべ……そこ……。奥は、やばい……って」

「え…？　あ、痛かったですか？」

「あっ、バカ、抜くなよ。今、すげー……いいとこだったのに」

「は、はい」

いまだに緊張しているのか、ときどき穂積は涼太を気遣って手を引くこともあったが、愛ある叱咤《しった》に俄然《がぜん》やる気になったらしい。

ときどき自分でも、このまま恥ずかしさで死ねるんじゃないかってくらいの甘い声が出たが、すぐにコツを摑んだらしい穂積は、涼太の中を優しく開いていった。

「先輩。竹内先輩……」

「あのな、それ……やめね？」

「え？」

人が脚を開いて、息も絶え絶えのこんな状態になっているというのに、いつまでも『先輩、先輩』と耳元で呼ばれると気が削《そ》がれる。

そう伝えると、一瞬考え込んだ後、小さな声で恐る恐る『涼太さん…？』と呟いた。

その次の瞬間、みるみるうちにかーっと赤くなって顔を両手で覆《おお》ってしまった男をじっと見上げる。

今現在、もっと恥ずかしいことを実践中だというのに、いちいちウブいやつだ。

「穂積……」

先を促すように赤くなったその耳朶を軽く噛んでやると、小さく息を呑む気配がした。

触れてくる手のひらが、じっとりと熱を孕《はら》んでいくのが分かる。

切なげに眉を寄せたあと、穂積は涼太の喉元に口付けながら、ゆっくりとその身体を重ねてきた。

そこからあとはもう、無我夢中だった。

縋《すが》るように抱きついてくる腕に、涼太も必死になってしがみつく。

腰の一番深いところまで重ね合わせた瞬間、びりりっと頭の芯まで痺れるような鋭い感覚が全身を駆け抜けていった。

トンと奥を突かれるたび、目の前がチカチカと点滅する。

(なにこれ、ヤバイ……)

「……っ」

涼太が甘い刺激にきゅっと腰を捻《ひね》ると、穂積がぐっと歯を噛みしめながら、腰をさらに深く進めてきた。

「……あ…っ」

思わず息を詰めると、穂積が慌てたように腰を引く。

それだけで、またびりびりとした甘い刺激が腰の奥から指の先まで、さざ波のように広がっていく。

「あ、待った、待った。それ、もっとヤバイ……」

固くて熱いもので中を刺激されるたび、どんどん、身体が甘く作り替えられていくのが分かる。

立ち上がったままの前から、熱い蜜《みつ》がとろりと溢れ出してしまう。

「涼太さん……涼太さん…」

切羽詰まったような声で名を繰り返しながら、腰を揺らす男に翻弄《ほんろう》されて、気が付けば涼太もすっかり蕩けたクリームみたいにとろとろになっていた。

あとはもう、『気持ちいい』だとか、『そこはヤバイって』だとか。『好きです』とか『色っぽすぎなんです』だとか、『もう死にそう』だとか。

いろんな単語が交錯《こうさく》して、最後は言葉にもならずに、ただ互いを貪りあった。

その合間に、明日、唇が腫《は》れるんじゃないかと思うくらい、キスもした。

そうして……最後に穂積が涼太の中で達したあと、お互いがお互いに満足するまで、上になり下になりあいながら、まるで高校生みたいにいつまでもじゃれあっていた。

いくら気持ちが盛り上がっていたとはいえ、やはり寄る年波には勝てなかったらしい。

初めての経験尽くしに、身体がぎしぎしと軋《きし》んでいるのが分かる。

もう指一本すら動かしたくない涼太に代わって、全てを取り仕切ってくれたのは穂積だ。風呂に入って全身を洗い清めることから、タオルで丁寧に拭《ふ》いて衣服を身につけることまで、年下の恋人のするに任せたまま、涼太は小さく息を吐いた。

風呂上がりには、手作りの冷たいジンジャーエールを差し出された。

ほんの少しだけ甘辛くはじけるそれに涼太が舌鼓《したつづみ》を打っている間に、穂積は手早く夕食の支度までしてくれていた。

至れり尽くせりとはこのことだろう。

今夜の夕食は、涼太のリクエスト通り、ふわふわ卵の載った穂積特製オムライスだ。

「そういえば、美空ちゃんはどうしてるんですか？」

「ああ……今日は敬一郎のとこ行ってる。幼稚園のあとは、久しぶりにお泊まりするんだって、ウキウキしながら出かけていったよ。アイツ……けーちゃん大好きだからなぁ」

久しぶりの穂積のオムライスに感動しながらも説明すると、穂積は若干微妙な顔つきで『そうでしたか…』と頷いた。

「おいおい、穂積。まさかお前……美空に関してまで敬一郎に嫉妬してるわけじゃないよな？」

「ち、違います。ただ俺も、久しぶりに美空ちゃんと会いたいなと思っていたので……」

「まぁ、安心しろよ。みーちゃんはお前のことも、大好きだからさ」

教えると、分かりやすく穂積はぱぁっと顔を輝かせて、『そ……そうですか？』と嬉しそうに笑った。その左頬に小さなえくぼが浮かぶ。

（ああ。まったく、くそ可愛いな……）

「穂積」

「はい？」

「俺も同じだから、安心しろよ」

そう告げて、その唇を奪うように押し付ける。

「でも今日ぐらいは、俺の独占な？」

言いながら、穂積の肩に額を押し付けてグリグリすると、穂積は再びこれ以上ないってくらい真っ赤になって、頭から湯気を吐きだした。

「うう……」

「穂積。お前……大丈夫か？」

さっきまでさんざんエロイことをしていたくせに、穂積はどうやら涼太に甘えられるとたまらなくなるらしい。

口元を押さえながら、それでも『だ、大丈夫です』とふにゃりと穂積が笑うと、左頬の小さなえくぼがそっと現れる。

それに釣《つ》られて、涼太の唇からも笑みが溢れた。

「……いま俺、死にたいくらい、幸せです」

涙目になってそんなことをぽつりと呟く恋人に、胸の中がほかほかと温かくなっていく。

穂積といると、昔からなぜかいつもそうだった。

胸が温かなもので、いっぱいに満たされたような気分に浸《ひた》れるのだ。

「そうかよ。……俺もだ」

恋しい男の頭をぽんぽんと撫でてやりながら、涼太も小さく頷いた。

スプーンいっぱいの愛情

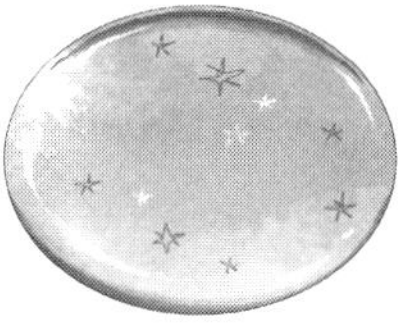

幸せな人生とは、どんなものをいうのだろう？

ほどほどに人並みで、大きな間違いはなく、平穏で平和な道を歩むこと。

そんな風に生きるのが世間一般では『幸せ』と呼ばれているようだったが、残念ながらスタート時点からつまずいて、その平凡な道にすら乗ることのできないタイプの人間もいる。

どちらかといえば、昔から穂積《ほづみ》は後者のほうだった。

『じゃあ……やっぱり、店はお前が任される方向で話が進んでいるのか』

電話越しに響いてきた兄の堅い声に、穂積は小さく頷いた。

「ああ、うん。今はまずお試し期間ってことで、先月から夜の営業も始めたところなんだ。今までのランチの営業とは少し客層も違うから、新しいメニューも考案したりして……」

穂積が店についての詳しい説明を始めた途端、兄が電話の向こうで黙り込むのが分かった。

シンとした空気のあと、聞こえてきたのは大きなため息。

その懐かしくも苦々しい響きに、穂積は一瞬、喉《のど》のあたりがつまるような息苦しさを覚えた。

『穂積……』

「なに？」

『いくら世話になってた師匠から頼まれたとはいえ、お前がそこまで無理をする必要はないんじゃないのか？』

（……やっぱり、か）

穂積が店を引き継ぐ話は以前からしていたものの、兄としてはそれを受け入れがたく思っているようだ。諸手《もろて》を挙げて賛成してもらえるとも思っていなかったが、頭から否定されてしまうのは、やはりきつい。

「無理なんてしていないから大丈夫だよ。店を任されるのはありがたい話だと思ってるし、やりがいもあるから」

『やりがいなら、雇われ料理人のときだってあったんだろう？　店のオーナーともなれば、無責任なことではやっていけないんだぞ。収支もしっかりしないといけないし、従業員の給料や、仕入れのことだって……』

「そのことは十分に分かってる。ちゃんと対策も考えてるから。……そんな話より、祐《ゆう》君はどう？　去年会ったときより、だいぶ大きくなったんじゃないかな」

これ以上の小言を避けるように話の腰を折ると、兄は一瞬黙り込んだものの、やがて『まぁな。祐樹《ゆうき》のやつ、一人で歩けるようになったんだよ。それにな、だいぶ言葉も増えてきて……』と最近の甥《おい》っ子の様子を教えてくれた。

兄が目に入れても痛くないほど可愛がっている息子の存在は、兄弟間のギスギスとした空気までもを払拭《ふっしょく》してくれたようだ。それをありがたく思いながら、穂積は最後に『じゃあ、義姉《ねえ》さんにもよろしく伝えて』と告げて、通話終了のボタンを押した。

途端、腹の底からふぅと大きな溜め息が零《こぼ》れ落ちていく。

あの家を出てからだいぶ経《た》つというのに、家族と話をするときは、いまだに少しだけ緊張してしまう。

『エリート一家から、一人はみ出た出来損《そこ》ない』

そんな意識が、いまだ穂積の中から消えないからだろうか。

それでも以前よりずっと気は楽になった。師匠から『できればうちの店をお前に任せたい』と頼まれたことで、少し自信に近いものが生まれたせいかもしれない。

それに、なによりも――

「穂積？　電話は終わったのか？」

かけられた声に振り返ると、リビングのソファからこちらを窺うように眺めている涼太《りょうた》の姿が見えた。

彼と目が合った瞬間、強張《こわば》っていた肩からすっと力が抜けていくのを感じる。

（そうだ。……この人がいたからだ）

師匠から店を継ぐ話が出たとき、『自分にはまだ早いのではないか』と今一歩、足を踏み出せずにいた穂積の背中を押してくれたのは、他ならぬ涼太だ。

涼太は外資系の会社で働きながら、一人で娘を育てているシングルファーザーである。

離婚する前までは仕事一筋で、子育てはもちろん、料理すらろくに経験のなかった彼が、初めての子育てに戸惑ったり、時に迷ったりしながらも、一人娘の美空《みそら》を愛情深く育てている。

おかげで美空は、とても愛らしくて素直な子にすくすくと成長中だ。

『やってみればいいじゃん。もし失敗したとしても、またそこから軌道《きどう》修正すればいいんだし』

そう言って穂積の背をバンバンと叩いてくれた涼太は、今では穂積の最愛の恋人でもある。

（本当に――――いまだ信じられない話だけど）

そのことを思うたび、穂積は腹の底を指先でくすぐられているかのような、ふわふわとした暖かな気持ちになる。

この可愛い人が、すべて自分のものだなんて。

涼太はよく自身のことを『子持ちのしがないおっさん』というけれど、穂積にとっては昔から涼太ほど輝いて見える人物は他にいなかった。

すっと通った鼻筋に、綺麗な形の瞳。

色白で透き通った肌も。竹を割ったようなそのサバサバとした性格も。

なにもかもが魅力的で、愛らしい人だ。

それは出会ってから二十年近く経った今でも、変わっていない。

思わずぼーっとしながら恋人の姿をしみじみと眺めているうちに、涼太が怪訝《けげん》そうな顔で首をかしげた。

「穂積？　……おい。どうかしたのか？」

「い、いえ。お待たせしちゃってて、すみません」

はっと我に返り、慌てて涼太の傍《そば》へと寄っていく。

「いいよ、気にすんなって。こっちもようやく美空を寝かしつけたところだからさ」

穂積が夜間の営業を始めてから、早く休む美空とはすれ違いになってしまっている。先程も『おやすみ』の挨拶しか出来なかったことが、少し寂しい。

「これ。今日の試作品と、まかないのあまりなんですけど。よければどうぞ」

「お。相変わらず美味《うま》そうだよなー。お前も夕食はまだなんだろ？　一緒に食べようぜ」

涼太はすでに美空と共に食事を終えているはずなのだが、穂積が食べ始めるとたいてい一緒になってつまみ始める。

その食べっぷりのよさも相変わらずで、今もそそくさと同じテーブルにつくと、穂積が持ってきたエビのあんかけや、新タマネギと鶏《とり》の揚《あ》げものを美味《おい》しそうに頬張り始めた。

「うん。これ、すっげー美味い。こっちも……ほんと、お前の作る料理って好みの味付けばっかなんだよな。あー、本当たまらん」

料理を頬張りながら、とびきりの笑顔を見せてくれるのが嬉しい。

その笑顔を見ているだけで、穂積は胸の中がじんわりと喜びに満たされていくのを感じた。

「穂積。お前もどんどん食べろよ」

「え？　食べてますけど……」

「それっぽっちでなに言ってんだか。お前は仕事あがりで腹も減ってるんだから、もっとガッツガツ食わないと。人の食べてる姿をニコニコと眺めてるだけじゃ、腹は膨《ふく》れないんだぞ?」

涼太の食いっぷりに見惚れて、いつの間にやら箸《はし》が止まっていたらしい。

「どうせまかないも、自分は忙しくてまともに食べてなかったりするんだろ。ほら、もっとちゃんと食べろって。……ったく、これまでなに食ってそんなにデカくなってきたんだか」

「すみません」

仕事の合間に試作品を作ったり、従業員たち向けのまかないを味見したりしているだけで、結構満足してしまっているのも事実だ。

図星を指され、慌てて取り分けられたご飯をかきこんでいると、ふと涼太がなにかを思い出したように口を開いた。

「なぁ……さっきの電話って、岩《いわ》ちゃんからだったのか?」

「え? ああ、はい。兄からです」

岩ちゃんとは、穂積の兄の学生時代の呼び名だ。

穂積が頷くと、涼太は少し考え込むようにしながらもその先を続けた。

「もしかして……なにかもめてた?」

先ほどのやりとりが聞こえていたらしい。『悪い。盗み聞きするつもりはなかったんだけど……』と断った涼太に、穂積は『気にしないでください』と首を振った。

「別にもめてたわけでもないので」

「じゃあなんで、あんな苦《にが》い顔つきしてたんだよ？　……ケンカでもしたんじゃないのか？」

どうやら涼太には、いらぬ心配をさせてしまったらしい。

ちらちらとこちらを見つめてくる視線は、穂積を気遣う色に溢《あふ》れていた。

そんな彼を安心させるように、穂積は小さく微笑《ほほえ》んだ。

「大丈夫です。ケンカはしていませんから。ただ……兄は、昔からなんというか、俺のお目付役みたいなところがあって。俺が店を持つことに関して、うちの家族としてはかなりの不信感を抱いているみたいなんですよね。できたら、以前と同じように雇《やと》われの身のままでいてほしいみたいで……」

「はぁ？　なんでだよ？」

淡々と説明すると、涼太の眉がぐっと寄せられるのが見えた。

「そんなのおかしいだろ。お前ほど腕のいい料理人なら、自分の店を持つのは当然の流れだろうし。『タキカワ』の師匠も、お前だからこそ跡をついでもらいたいと言ってきたんだろ。なのになんで、雇われのままでいてくれだなんて……」

納得がいかないのか、涼太が嚙みつくように反論を唱《とな》えた。

「多分……両親としては、俺みたいなのが大きな責任を持つなんて、心配なんだと思います。もちろん、兄もですけど」

穂積には、生まれつき識字《しきじ》障害がある。そのせいで子供時代はかなり苦労もした。

誰もが簡単に読めるはずの小学校の教科書が、どうしてもうまく読めない。数字の認識もあやふやで、読み間違えてばかり。

障害が分かるまで、穂積は『自分は文字もろくに読めないバカだ』と信じていたし、周囲からも腫《は》れ物のように扱われていた。

当時の担任に促《うなが》され、療育センターに通うようになってからは、訓練してある程度の文字や数字が読めるようにはなったものの、エリート育ちだった両親の失望は大きかった。

以来、自分はずっとあの家の中では、『出来損ないのみそっかす』扱いだったのだ。

そしてその認識は、大人になって独り立ちした今でも、どうやら変わっていないらしい。

「ちょっと待て。俺みたいなって、どういう意味なんだよ？」

「ええと。つまり……俺みたいな出来損ないには、店の経営なんてとうてい務まらないと……った！」

呟いた瞬間、いきなりビシッと額のあたりを強く叩かれ、目の前に火花が散る。

「おい、こら。人の男を捕まえて、『出来損ない』とか言うんじゃない。殴るぞ」

（……殴ってから、そういうことを言わないで欲しい）

そうは思ったものの、口を挟めるような雰囲気ではなく、穂積は叩かれた額に手を当てたまま黙り込んだ。

「だいたいなぁ、お前の作る飯はめちゃくちゃ美味いんだ。そこはちゃんと誇《ほこ》れよな！　店が繁盛《はんじょう》してるのも、俺がついつい通い詰めちゃうのも、そのせいなんだからな。なのに『出来損ない』とか言われて、お前もヘラヘラしてるんじゃない」

「……はい」

「それにお前の両親も、岩ちゃんも。こう言っちゃなんだけど、お前のこと見くびりすぎてると思うぞ。お前が店を持つようになれるまでどれだけ頑張ってきたのかは、お前の作る料理を食べてみたら一発で分かるだろうが！」

どうやら涼太は本気で憤慨《ふんがい》しているらしい。

穂積自身よりも、穂積のことを思って怒ってくれている。それが伝わってきて、穂積はくしゃりと顔を歪《ゆが》めた。

（まったく……かなわないな）

涼太のすごいところは、こういうところだ。

周囲のレッテルなんかどこ吹く風で、どんなときでもフラットで接してくれる。

そんな彼に、穂積はかなり救われてきた。

周囲を失望させ、溜め息を吐かれてばかりだった子供時代、キラキラとした眼差しで『お前……すごいな』と褒《ほ》めてくれたのは涼太だけだった。

彼が、たった一つの希望を穂積の胸に灯《とも》してくれた。

あの日から、穂積にとって涼太は誰よりも特別な人になったのだ。

そして今では世界で一番、大好きな人だ。

涼太はいまだプリプリと怒っていたけれど、叱られているというのに、穂積は口元にじわじわと笑みがこぼれていくのが止められなかった。

（ああ……大好きだ）

穂積のために真剣に怒ってくれている横顔が、可愛くて、愛《いと》しくて。

思わずくすくすと笑みを零すと、涼太が『うげ』というような顔で口元を歪めるのが見えた。

「おい……穂積。お前、なんで殴られて笑ってるんだ？　おかしくないか？」

「そうですよね。でも……なんかすごく嬉しくて」

「……ちょっと、強く殴りすぎたか？」

ますます悲壮な顔つきになった涼太に、ついまた笑ってしまう。

ここまでの道のりは、確かに簡単なものではなかった。

料理人になると決めてからは人一倍勉強したし、専門学校を卒業すると同時に家を出て、住み込みの料亭で朝から晩まで働いた。

大事なレシピほどノートには書かず、繰り返し頭にたたき込むようにして覚えた。朝早くから夜遅くまで働いて、目で先輩たちの技を盗んだ。

縁があって『タキカワ』の師匠と出会い、今の職場で働くようになってからも、毎日が失敗と勉強の連続だった。

そんな風にして穂積が歩んできた、決して平坦ではなかった道のり。それを涼太はちゃんと分かってくれている。そのことが心から嬉しかった。

「穂積？」

「すみません。大丈夫です。ただ……俺、しみじみ幸せだなぁって思ったんです」

「ああ？　今の流れのどこがだよ？」

「あはは」

今は、これでよかったのだと心から思える。

もしも自分になんの障害もなく、あのまま親の期待通りに成長していたとしたら、きっと今頃は無味乾燥な人生を送っていたことだろう。

好きな人の、喜ぶ顔すらも見られないまま。

（うん。大丈夫。間違ってなんかいない）

「涼太さん」

「うん？」

「大好きです」

心のまま改めて告げると、こちらを見つめていた涼太の耳たぶが、みるみるうちに赤く染まっていくのが分かった。

「お前ねっ……」

しばらくの間、ぱくぱくと口を閉じたり開いたりしていた涼太は、やがて手のひらで顔を覆《おお》うと、ジタバタと足を踏みならした。

そうして『くそ。そういう顔で不意打ちとか……ずるいんだよ。……俺、俺だってなぁ』となにやら小さくぼそぼそと呟いた。

「え？　今、なんて言いましたか？」

「……あのな」

「はい」

「俺だって、……好きだっつったの」

ぷいと横を向いたままぼそりと呟かれた声は、今度はちゃんと穂積の耳まで届いて、穂積をまた、たまらなく幸せな気持ちにしてくれた。


「いらっしゃいませー」

パートスタッフのかけ声に、穂積は厨房《ちゅうぼう》でふと顔を上げた。

時計を見れば夜の八時半を回ったところだ。少しだけ混雑のピークは過ぎたものの、まだまだ新規の客が入ってきているらしい。

「岩下《いわした》君。四名様のお通しお願います。あと刺身の盛り合わせと、本日の煮付け二つ。オーダー入りました」

「はい。ありがとうございます」

元はこの店の女将《おかみ》である節子《せつこ》からカウンター越しに声をかけられ、小さく頷く。

店内はそれなりに混雑していたものの、節子がうまく客を裁《さば》いてくれているおかげで、穂積は料理だけに専念できているのがありがたかった。

(ほんと、節子さんには感謝してもしきれないな……)

おっとりとした笑顔と口調で、店を上手に切り盛りしてくれる彼女は、この店の要《かなめ》である。

穂積が店を譲り受けるに当たって、一番気がかりだったのはホールの接客だった。厨房内にいる穂積に客をうまくさばける自信はなかったし、だからといってパートのスタッフにすべてを任せるのも心許《こころもと》ない。

そんな穂積の迷いを感じとってか、『もしよければ、しばらく私がお手伝いしましょうか?』と助け船を出してくれた節子には、本当に頭が上がらなかった。

「古株がいつまでも店に顔を出してちゃ、岩下君もやりにくくて申し訳ないわよね」

そう言って節子は笑うが、穂積としては願ってもないことだと思っている。

長年女将をやってきただけあって、客さばきは抜群《ばつぐん》にうまいし、人当たりもいい。仕入れから従業員の給料明細についてまで、細々とした相談ができるのも頼もしかった。

そんな彼女の手助けもあってか、店の売り上げは右肩上がりだ。

夜はお酒も出しているため、ランチだけの営業だったときとはまた別の常連客も増えてきている。このご時世に、大変ありがたい話だと思う。

ただ一つ、残念なことといえば――店が忙しくなるに連れて営業時間までもが延びてしまい、二週間以上、涼太と美空の住むマンションへ顔を出せなくなっていることだった。

穂積が店を閉め、明日の仕込みを済ませる頃には深夜になることも多い。サラリーマンと幼稚園児、規則正しい生活を送る二人の元に出向くには、さすがに憚《はばか》られる時間だ。

時折、電話で話はしているものの、やはり直接会って顔が見たい気持ちは止められない。

しかも先週の定休日は店の改装の件で、一日中、業者との打ち合わせが入ったため、結局二人に会えずに終わってしまったからなおさらだ。

(本当に……欠乏症《けつぼうしょう》みたいになってるな)

思わずふぅと溜め息を吐くと、それを聞きつけたらしい節子が『あらあら』と言いながら、厨房の方へと入ってきた。

「岩下君、大丈夫?」

「あ……はい」

「いきなり忙しくなってきたものねぇ。お店としては嬉しい悲鳴だけど、岩下君は大変よね。疲れがでてるんじゃない?」

「いえ、大丈夫です。節子さんのおかげで、かなり助けられてますから」

まさか会えない恋人のことを考えていたからだとはいえず、穂積は小さく咳払《せきばら》いをした。

「まぁ。私なんてただのお手伝いなのに、嬉しいこと言ってくれるわね」

「なに言ってるんですか。節子さんがいなかったら、俺だけじゃ夜の営業まではとても手が回らなかったですよ。本当にありがとうございます。でも……節子さんこそ、夜まで仕事に出ていて大丈夫なんですか?」

「元々、私は働いている方が好きなのよね。それにうちの人も退院してからは、釣りだ、山登りだって、これまでなかなかやれなかったことを好きに楽しんでるでしょ。私みたいなおばあちゃんが一人で家に閉じこもっててもボケちゃうだけだから、かえってありがたいわ」

そう言って少女のように肩を竦《すく》めて『ふふ』と笑った節子は、とてもおばあちゃんなどには見えなかった。

「あ、そうそう。穂積君にお客様よ」

「え?」

「ほら、いつもお昼にいらっしゃる、あなたの先輩の……」

節子が言い終わる前に慌てて店内を見回した穂積は、そこに思わぬ人物を見つけて、目を見開いた。

「涼太さん?」

いつものカウンター席が埋《う》まっていたせいか、入り口近くにあるテーブル席の端っこでこちらを見ているのは、確かに涼太だ。

慌てて濡れた手を拭《ぬぐ》いながら穂積が厨房から出て行くと、涼太は『よ、穂積』と手を上げた。

「忙しいとこ悪いんだけどさ、俺にもなんか食わせて」

「それはもちろんかまいませんけど……。でも、こんな時間にどうしたんですか？　美空ちゃんは？」

どうやら仕事帰りに寄ったらしい涼太は、いまだスーツ姿のままだ。

ランチ時間にくることはあっても、夜の営業時間に涼太が顔を出したのは、これが初めてだった。

「今日は残業がなかなか終わらなかったから、幼稚園にお迎えに行けなくてさ。代わりに敬一《けいいち》郎《ろう》に行ってもらったんだけど。さっき電話したら、みーちゃんも久しぶりにあっちでお泊まりしたいっていうから、まぁ……そのまま任せることにしたんだ」

「そうでしたか」

なるほどなと思う。

涼太の友人である敬一郎のことは、もちろん穂積も知っている。涼太が仕事で手が離せないときは美空を預かっているために、彼女がとても懐《なつ》いていることも。

「とりあえず……ビールと、揚げ出し豆腐ひとつ。それと……本日のおすすめをもらおうかな。

炊き込みご飯のセットで」

「分かりました」

「あ、そうだ……お前、明日って確か定休日だったよな？」

「あ、はい」

「なら、明日は……うちに来られそうか？」

尋ねられなくても、元々そのつもりでいた穂積は『もちろんです』と大きく頷いた。

「じゃあ、みーちゃんと一緒に待ってるわ」

お誘いに、こくこくと頭を振って答える。

きっと自分に尻尾《しっぽ》が生《は》えていたら、目一杯、左右に振られていたことだろう。

明日こそは二人に会えるはずと思っていたけれど、それが一日、前倒しになったのは、単純に嬉しい。

（まずは、お腹を満たしてもらわないと……）

本日のおすすめだけでは、涼太の腹を満たせるとは思えない。

他にもなにか涼太の好きそうなものを……と考えながら、厨房へと戻ろうとしていた穂積は、そのときふとテーブル席の向こうで、こちらをじっと見つめている一人の女性と目が合った。

（え……？　あれは……）

髪型や化粧の仕方は少し変わっていたけれど、勝ち気そうな目元にある小さなほくろと、懐かしそうにこちらを見つめている視線にはどこか見覚えがあった。

どうやらあちらも、穂積が見ていることに気がついたらしい。にこっと微笑んだ相手から小さく手を振られて、思わずふらふらとそちらの席へと寄っていく。

「穂積。……久しぶりだね。元気だった？」

「……雪菜《ゆきな》？」

穂積がその名を確かめるように呼ぶと、雪菜は『あ、覚えててくれたんだ』と嬉しそうに目を細めた。

「もちろん、忘れてなんていないけど……。いきなり、どうしたんだ？　あ、たまたま店に寄ってくれたとか？」

「まさかー。木下《きのした》君から教えてもらったのよ、穂積が店を始めたみたいだって。今日はちょうど都内に用事があったから、ちょっと寄ってみただけ」

それにしても突然過ぎる再会だ。

川本《かわもと》雪菜とは、同じ専門学校に通っていたときに知り合った。

穂積は日本食コース、雪菜はパティシエと選んでいる道は違っていたけれども、お互い料理の道を志《こころざ》し、日々研鑽《けんさん》した仲間たちの一人でもあった。

専門学校を卒業後、穂積は京都の料亭にて修行に励《はげ》み、雪菜は都内の菓子店にて修行の後、海外へと渡ったところで連絡は途切れていたのだが。

どうやら穂積がこの店を本格的にオープンしたと、専門学校時代の友人たちから聞いて、訪ねてくれたらしい。

「わざわざ、サンキュ。……雪菜こそ、元気だったのか？」

「うん。見ての通りね。ところで……ここ、すごく雰囲気のいいお店だね。ちょっと年季入ってるけど、なんか温かくて。もちろんお料理も美味しかったよ」

「ありがとう」

小料理屋『タキカワ』は、元々節子の旦那であり穂積の師匠でもあった滝川《たきかわ》が始めた店だ。今はお試し期間ということでそのままの店舗で営業しているが、もう少し落ち着いたら、店舗内の改装も予定している。その際にもできればこの雰囲気は残していきたいと、穂積もそう常々思っているところだ。

雪菜はぐるりと店の中を見渡すと、ふうと小さく息を吐いた。

「昔から穂積は、料亭みたいなかしこまったお店より、気軽に誰もが立ち寄れる和食のお店やりたいって言ってたもんね。その通りになったじゃない」

「ああ、そうだな」

かつて少しだけ語った話を、よく覚えていたなと目を見張る。

「そっちこそ今はどうしてるんだ？　海外に留学したって聞いたけど……」

「ああ、うん。今は地元に戻って喫茶店兼、ケーキショップやってるの。といっても従業員は旦那と私二人だけの、小さなお店だけどね」

「そうか。……よかったな」

雪菜の目標は、いつか実家のケーキ屋を継ぐことだったはずだ。

卒業後、それぞれの道を歩みつつもどうやらお互いに夢を叶えられたらしいと知って、ほっとする。

「岩下君、ご新規のオーダー入りましたよ」

「はい。今行きます」

節子の声に導かれてちらりと厨房へ視線を向けると、雪菜は『じゃあね。ごちそうさま。久しぶりに穂積の手料理食べられて、嬉しかったな』と手を振った。


穂積が厨房で慌ただしくオーダーをこなしている間に、雪菜の姿はもう見えなくなっていた。いつの間にか帰ったらしい。

その後も立て続けに客が入ったことで、せっかく来てくれた涼太とすらちゃんと話も出来ないまま、気がつけば店は営業終了の時間となっていた。

人がまばらとなった店内から、涼太が会計を済ませて出て行くのに気づいて、穂積は慌てて厨房から抜け出した。

「涼太さん！」

店を出たすぐ先で、その背中を呼び止める。

「あれ？　穂積お前、店から抜けてきちゃっていいのかよ」

「もう、ラストオーダーは終わったので。すみません、バタバタしちゃってて。せっかく来てくれたのに……」

「なーに言ってんだか。お前は仕事中だろ。俺はうまいメシを食いに来ただけだし、気にすんなって。……でも、本当によかったよな。夜も千客万来《せんきゃくばんらい》みたいでさ。これならお前の兄ちゃんにも、胸張って威張《いば》れるな」

笑いながらポンポンと肩を叩かれて、はっとする。

（そっか。……気にしてくれていたのか）

もしかしたら『残業が終わらなくて』というのも、涼太らしい言い訳だったのかもしれないなと、ふと思う。

穂積の背を押した手前、涼太としても夜間の客の入りが気になっていたのかもしれなかった。本人は決して、そういうことを口にしたりはしないけれど。

涼太はそういう人だ。

時々、キツイものの言い方をすることもあるが、その心の内はいつも温かい。

自然体のまま、周囲の人間をとても大事にしている。友人や娘、穂積のことも含めて。

「それにやっぱり、お前の料理は美味いもんな。絶対いけると思ってた」

「ありがとうございます」

まだまだ始めたばかりだが、太鼓判を押された気がして嬉しくなった。

客からの『美味い』はもちろん嬉しいけれど、それが好きな人の言葉ならばなおさらだ。

穂積が目尻を下げてふわりと微笑むと、なぜか涼太は少したじろいだような様子を見せ、小さく咳払いをした。

「お前ってさぁ……。ほんと店ではろくに笑いもしない癖して……」

「……？　なんですか？」

「いや……もういいから。でも……そういやさっき、店に来ていた女の子には笑ってたよな？

あの子、お前の知り合いなのか？」

もしかして雪菜のことだろうかと思いあたり、『はい』と頷く。

「昔、通っていた専門学校の同期です。といっても、彼女のほうは製菓コースでしたけど」

「へー。……んで？」

「はい？」

「もしかして、つきあってたりしたんじゃないのか？　結構可愛かったもんな。彼女」

「………」

涼太からの鋭い質問にドキリとして、思わず黙り込む。

なにか言わなければいけないと思うのだが、ふいの突っ込みにうまい説明がなにひとつ出てこなかった。

そんな穂積の反応に、なぜか涼太が『……え？』と目を丸くした。

「あれ？　え……マジで？」

まさか、自分の発言が図星をついていたとは思わなかったらしい。

穂積が答えられずにいると、今度は涼太のほうが固まって、動かなくなってしまった。

「あの……涼太さん？」

おずおずとその名を呼びかけてみたものの、涼太はぴくりともしない。

不安になって、穂積がずいとその顔をのぞき込むと、涼太はそこでようやくはっと我に返った様子で目をぱちくりとさせた。

「大丈夫ですか？」

「あ、ああ。……うん。そっか……」

「あの。もし気分を悪くさせてしまったなら、すみません」

「やっ、別に……そんなのお前が謝ることじゃないだろ。そうじゃなくて……」

かつてつきあっていた相手のことなど、知りたくなかったかもしれない。しかも店で鉢合《はちあ》わせたとなれば、いい気分はしないだろう。

それに気づいて慌てて謝ったけれど、涼太はなにか考え込むように首を振っただけで、穂積と視線を合わせようとはしなかった。

「あの、俺としても彼女がいきなり店を訪ねてくることは知らなくて。それに付き合ってたと言っても、専門学校時代の話です。本当にもう、何年も前のことですし……」

「いやっ、違う違う。別にお前のこと、責めてるわけじゃなくってさ。なんつーか……こう……」

涼太は説明の途中で、言葉を探すようにして黙り込んだ。

いつも思ったことをぽんぽんと口に出す彼にしては、とても珍しいことだと思う。

やがて涼太はどこか途方に暮れたような顔をして、小さく口を開いた。

「穂積、お前さ……」

「はい？」

何か言いかけて、だがやっぱりそのあとが続かない。

しばらく黙り込んでいた涼太は、やがてガリガリと頭の後ろを指で掻《か》いたあと、ひょいと肩を竦《すく》めた。

「やっぱいいや。……今日はもう、帰るわ」

「え、ちょっと。涼太さん⁉」

まさかなにかを言い淀《よど》んだまま、涼太が帰ってしまうとは思わなかった。

嫌な焦《あせ》りがじわじわと浮かびあがってくる。

「あの、本当に彼女とはなにもなくってですね……」

「それは分かってる。まさか二股してるだとか、そういうことは全然、疑ってないから」

『全然』に力を込めて言い張られて、ほっとする。

もしいらぬ誤解をさせてしまったのなら困ると思ったのだが、どうやらそういうわけではないらしい。

「ただ、なんつーか……うーん。……今はうまく説明できそうになくてだな……」

「涼太さん……」

涼太はそこで何か吹っ切ったように、大きく息を吐いた。

「まぁ、お前は気にしないでいいよ。忙しいときに、悪かったな」

「そんな……」

「んじゃ、また明日」

そう言うと、小さく手を上げて夜の街に消えていった涼太を、穂積は呆然と見送ることしかできなかった。

細い月が斜めにかかる空の下、穂積は見慣れたマンションをじっと見上げた。

四階の隅にあるのが、涼太たちの住む部屋だ。

彼と再会したばかりの頃、穂積はよくこの場所から涼太たちの部屋の明かりを、じっと眺めていた。

涼太たちの住む家は、いつ訪ねて行ってもあたたかな笑顔と愛情に満ちていた。

どこかいつもよそよそしかった実家にいた頃よりもずっと楽に呼吸ができたし、明るい二人につられて穂積まで笑っていることも多かった。

自分はただの来訪者でしかなく、その中に混じることは決してないと分かっていても、かまわなかった。

あの部屋に明かりが灯っていると、なんだかとても幸せな気持ちになれるのだ。涼太と美空が、そこで笑っていると分かるだけで。

今もカーテンの隙間からは薄く明かりが漏れている。どうやらまだ涼太が起きているらしいと知って、それにそっと息を吐く。

（あのとき……なにが言いたかったんだろう？）

珍しくなにかを言い淀《よど》むようにしていた涼太の横顔が、目に焼き付いて離れない。

いつも歯切れがいいはずの彼が、あんな風に言葉に迷っているのを目にしたのは、初めてのことかもしれなかった。

涼太からは『お前は気にしないでいい』と言われたけれど、どうしたら気にしないで済むというのか。いても立ってもいられずに、店を閉めた後すぐに穂積は愛用のマウンテンバイクに跨《また》がって夜の街道を漕《こ》いできた。

こんな遅い時間に、突然訪ねていいのかどうかもわからない。

それでも明日会えるまで、もやもやとした気分をずっと引きずってなどいたくなかった。

穂積にとって、涼太は忘れられない初恋の相手だ。そして今では最愛の恋人でもある。

幼い頃から、なにかを望むよりも諦めることばかり重ねてきた人生の中で、たった一つ手に入れた譲れないもの。それが彼だ。

(なくしたくない。絶対に)

意を決して涼太の部屋へと向かい、インターホンを鳴らす。

『……はい?』

さすがに十一時も過ぎたこんな時間から、部屋を訪ねてくるような相手には心当たりがないのだろう。いぶかしむような低い声に『夜分遅くにすみません。俺です』と伝えた途端、インターホンの向こう側で息を飲む気配がした。

「あの、突然訪ねてきてすみま……」

だが最後まで言い終わらないうちに、ドタドタという物音が聞こえ、激しく音を立てて開いた扉から涼太が顔を出す。

「えっ？　穂積？」

「はい。すみません……こんな時間にいきなりお邪魔して」

「いや、それは別にいいけど……。お前、店はどうしたんだよ？　仕込みとかあるんじゃ……」

「店はちゃんと閉めてきました。仕込みなら明日以降にでも出来ますから。あの……さっき涼太さん、なにか言いかけていましたよね。それがどうしても気になって……」

伝えると、涼太は『あー……』と呻《うめ》きながら額に手を当てた。

「そっか。悪かったな。……そりゃ、気になるよな」

涼太はひとつ大きく溜め息を吐くと、穂積に向かって『まぁ、あがれよ』と中へ促した。

「すみません。お邪魔します」

だが実際、部屋に上がってリビングのソファへ腰を落としても、涼太はなにも口にしようとしなかった。

ソファにどさっと腰を下ろしたまま、なにやらじっと考え込んでいるようだ。

珍しくも涼太は一人で飲んでいたらしく、テーブルにはグラスと酒瓶《さかびん》が置かれていた。それに、またもやじりじりとした焦りが湧き上がってきそうになる。

「あの……、念のためにもう一度言いますけど。本当に彼女とはなにもありませんから。元々、彼女と付き合ったのもほんの少しの間だけで、結局はすぐ友達に戻ったぐらいで……」

思い切って口を開いた途端、涼太は驚いたように顔を上げた。

「ああ、違うって。さっきも言ったけど、別にお前と彼女がどうかを勘ぐってたわけじゃないから……。問題は……どっちかっていうと、俺のほうにあるんだよ」

そう告げて大きく溜め息を吐いた涼太は、ソファにもたれるようにして天を仰《あお》いだ。

「問題って……？」

涼太がなにを悩んでいるのかが分からなかった。しかも普段はあまり飲まないような、酒まで口にして。

らしくもない恋人の姿を穂積がじっと眺めていると、やがて涼太はがしがしと髪をかきむしりながら、『あーっ』と声を上げた。

「り、涼太さん？」

「分かった。もう正直に言う！　あのな……さっき、お前が彼女と付き合ってたって聞いたとき、俺はめちゃくちゃ驚いたんだよ」

確かにその話が出たとき、涼太が石のように固まっていたことを思い出す。

「でもどっちかっつーと、びっくりした自分にびっくりしたっつーか……」

「あの……どういう意味ですか？」

穂積が尋ね返すと、涼太は覚悟を決めたように、一つ大きく息を吸い込んだ。

「あのな、穂積」

「はい」

「俺……思ってた以上に、お前のことが好きみたいなんだ」

「は……え、はい？」

(――今、なんて言ったんだ？　この人)

「いや、お前が過去に付き合ってた相手がいたとしても、普通だろっていうか、そんなの当たり前だって頭ではわかってたつもりなんだけどな。お前だっていい年だし。実際、いい男だし」

なにやら嬉しい言葉を並べ立てられた気もしたが、あまりに唐突過ぎて、言われていることの意味がよく理解出来なかった。

「なのに……現実を目にしたら本気でびっくりしたっていうか……。『そっか。お前、他の人のもんだったんだなぁ』って思ったら、こう胸のあたりがぎゅうっと……だな」

呟くと同時に、着ていたシャツの胸のあたりを指でぐっと掴んだ涼太を、まじまじと見つめてしまう。

「俺を呼ぶときの嬉しそうな声だとか。他のやつにはあまり見せない笑顔だとか。いつも作ってくれるうまい料理だとか……。なんかそういうの全部、俺だけじゃなくて、前は他の人のもんだったんだなぁって思ったら、ショックだったっつーか。またそんなことにいちいち衝撃を受けてる自分に、非常にびっくりしたっつーか……」

ぽかんとしてしまった。

「ええと……」

（これ……なにかの冗談、とかじゃないよな？）

「あ！　引いてるだろ！　引いてるよな⁉　……分かってる。分かってるんだよ、俺だって」

「いえ……。別に、引いてるわけじゃないんですけど……」

なんというか、予想外の展開に、頭が追いついていかないだけで。

「俺も自分がキモいことは、十分に分かってるんだよ！　三十も過ぎた子持ちのおっさんが、なに言ってんだって。俺だって、自分自身にドン引いてるよ！」

言いながら、涼太は自分の頭をがしっと抱えるようにして俯《うつむ》いた。

「お前のこと束縛するつもりじゃなかったのに……。いつの間にか、お前は俺だけのもんだと勝手に思いこんでたとか。ほんと……何様なんだか」

（つまり――それだけ俺のことが好きで、好きで、仕方がないと言っているのか。この人は）

「――っ！」

そう理解した瞬間、穂積は言葉に出来ない感情が、胸にぶわっと湧き起こるのを感じた。ついで頭のてっぺんから足の先までビリビリと痺《しび》れるような、甘苦しい電流が走り抜けていく。

いきなりとんでもない告白をしてくれた涼太は、そんな自分が恥ずかしくて耐えきれないといった様子で、顔を両手で覆ったままジタバタと身悶《みもだ》えている。

その姿を見つめながら、穂積も赤く染まった頬と口元を押さえた。

(この人……、俺のこと殺す気かな?)

可愛すぎるだろう。

「しかも、それだけじゃないぞ。お前がもし……、今後もし、俺と別れて他のやつとつきあいたいとか言いだしたらどうしようとか……。俺は子供も産めねーし、しがないおっさんだし。捨てられたらどうしようとか、なんか……そういうの色々考えてる自分が、もう死にたいくらい恥ずかしいっつーか」

「……もう、もう…やめてください。俺のほうこそ……今すぐ死にそうです」

「う……そんなにキモかったか? やっぱり?」

「違……っ、そうじゃなくって」

(嬉しすぎて、心臓が止まりそうだ)

そんな気持ちを、どうやったら伝えられるのだろうか。

穂積は言葉にならない喜びの代わりに、腕を伸ばして目の前の恋人の身体をぎゅっと強く抱き寄せた。

息も止まりそうなくらい強く、強く、抱きしめる。

いつもそうだ。穂積が欲しくて欲しくてたまらなかったものを、涼太だけが与えてくれる。

「ほ、穂積?」

「これ以上……俺を喜ばせて、どうするんですか」

同じ一人の男として、涼太が男の穂積の気持ちを受け入れるのは、並大抵のことじゃなかったと知っている。

どれだけ相手から好かれていても、そう簡単には気持ちを返せないことも。

雪菜とのつきあいがまさしくそうだった。何度も告白され、彼女からの熱い気持ちに押されるようにして付き合った。

雪菜を好ましく思う気持ちは穂積にも確かにあったものの、それが友情の延長線上から変化するまでには至らなかった。結局、なにかを察したらしい彼女のほうから『友達に戻ろっか』と言わせてしまったことを、今でも苦く覚えている。

なのに、涼太はそんな迷いや悩みを飛び越えて、『大好き』という言葉と気持ちを、穂積に惜しみなく与えてくれたのだ。

(もう好きで、好きで、どうしようもない)

時々いたずらっぽく笑う、切れ長で大きな瞳が好きだ。

竹を割ったような、飾らない性格が好きだ。

食べているときの、幸せそうな表情が好きだ。

直球過ぎて、時にどきりとさせられるような言葉の数々も、非を認めたときにはきちんと謝れる潔《いさぎよ》さも。

なにより娘や穂積を大切にしてくれているのだとわかる、その眼差しの温かさが好きだ。

「ええと、穂積…？」

「……それは俺です。俺のほうこそ、捨てられたら……もう生きていけません」

こんなこと、生涯口に出来ないと思っていた。

涼太と美空、二人が生きていく上でもし自分のことが足枷《あしかせ》になってしまったらと思うと、それが一番、怖かった。

諦めることのほうが多い人生を、仕方ないと受け入れてきたけれど。

この人だけは諦めたくない。もう二度と。

穂積の必死な気持ちを感じ取ったのか、しがみついてくる背中を涼太はぽんぽんと優しく叩いてくれた。

「おう、安心しろ。責任はちゃんととる。……捨てたりなんて、絶対しない」

抱きついて離れようとしない穂積に戸惑いながらも、相も変わらず男らしい台詞《セリフ》をくれる。

そんな涼太に穂積は小さく笑って、それからもう一度、強くぎゅっとその身体を抱き寄せた。

甘い匂いと息づかいが、部屋の中に満ちていく。

「穂積……」

キスの合間に、掠《かす》れるような声で名を呼ばれるだけで、背筋がぞくぞくした。

涼太は綺麗な顔立ちをしているけれど、普段はさっぱりとした性格もあってか、どちらかというと男らしい印象がある。なのにこういうとき、穂積の息がとまりそうになるくらい色っぽくなるのだから、不思議だ。

「……ん…」

今もそうだ。ちらりと見上げてくる視線や、薄く開いた唇からにじみ出す、滴《したた》るようなこの色気は一体なんなんだろうか。見ているだけでくらくらしてしまいそうだ。

桜色に染まったその顔をもっと見たくて、キスの合間にあちこち触れながら、じっと視線を当てていく。

摘《つ》まんだ乳首をそっと指先でこねるたび、腰が揺れるのが可愛らしい。

「そこばっか、弄《いじ》ん…な…て……っ」

「でも、可愛いから…」

腰骨も、耳の付け根も、太ももの内側も。みんな涼太の弱いところだが、この先端がとくに弱いのも知っている。

指の腹でこねるようにして潰したり、摘まむように撫でたり。こりこりとした感触を楽しむように弄り続けると、涼太は甘い声で音《ね》を上げた。

「よせ…って。……も……痛い、から」

「なら、もっとそっとしますね」

「ば…っ、そういう意味じゃ……ね」

指で弄るのはやめて、代わりに顔を寄せていく。唇に含まれた瞬間、涼太は手の甲を唇に押し当てるようにして、声をかみ殺した。

「……んん…っ、……ぁっ」

過敏になっている先端を舌で嘗《な》めながら、下腹部にも手を伸ばしていく。すでに限界近くまで熱く育っていた涼太のそこを、穂積は手のひらでそっと包み込んだ。

「あ、……っ、……」

果物の皮をむくときみたいに、手の中で丁寧に扱うと、甘い果実のような蜜《みつ》がとろりと先から溢れ出す。

その素直な反応が愛《いと》しくて、沿わせた指先の動きをさらに複雑にさせていくと、腕の中の恋人がびくびくっと全身を震わせた。

「穂積…っ、やば……、それ…気持ちい…」

掠れた甘い声が、じりじりと脳を焼き尽くしていく。

同じ男として、どこをどうされると気持ちいいのかよく分かるからこそ、穂積の指の動きも熱を増してしまう。

さらに奥へと伸ばした指先で、いつもより少し早めに中を探りながらその身体を開かせていく。時間をかけて涼太の下準備をするのも楽しみの一つなのだが、今日はそんな余裕すらなかった。

「あ、あ、あ…ぁ…っ、あ…、そこ、なん…で……んなに」

「なにが、ですか?」

「いや、今の……やば…っ」

最近、中がかなり弱いのも知っている。

柔らかくほどけかけたその部分を丹念に擦《こす》ると、涼太の太股にぐっと力が籠《こ》もるのが分かった。

頭を左右に振って、衝撃に耐える目元は赤く潤《うる》んでいる。

「これ、ダメですか?」

「だ、ダメじゃないけど、あ…バカ。………やっぱ、やっぱダメ…」

そんな顔してダメと言われて、止まれる男がいるだろうか。

たまらずに動きを強くすると、獲《と》れたての魚のように涼太が跳ねた。それがまた愛しくて、手の動きが止まらなくなる。

「ちょ、ま……待てってって。ストップ、一回……抜け…って」

指に絡みついてくる中が、蕩《とろ》けそうなほど熱くなっているのが分かる。涼太もいいはずなのに、なぜ止めようとするのか。

「どうして」

「……んなことしてたら、指だけで……っちゃうだろ…が！　お前の、まだなのに…」

「……っ」

こんなときに、ますます可愛くならないで欲しい。

穂積は暴走してしまいそうになる自分を押しとどめるため、奥歯をぐっと強くかみしめて衝動に耐えると、涼太の脚を大きく開かせた。

余裕なく身体を重ねていく。すでに熱くほどけていたそこは、きつい抵抗もなく穂積を迎え入れてくれた。

一番奥まで入れてから、小さく息を吐く。きつくて熱い中は気持ちがよすぎて、あっという間にもっていかれそうになってしまう。

「ここ…ですよね？」

さっき指で確かめたところを、自分のものでゆっくりと擦る。
二、三度とんとんと突いただけで、涼太は甘い声を上げて腰を震わせた。
きゅうっと中が引き攣《つ》れるように絞《しぼ》られるのが、たまらない。ものすごく欲しがられているみたいだ。

「…ん、うん、うん…」

尋ねると、何度も首を振って素直に答えてくれるのがいい。

穂積が指でしたときと同じような腰の動きをすると、涼太は穂積の腰をぎゅっと太ももで挟み、全身を震わせた。

「あ……っ、……！」

ぶるぶると震えながら、涼太がイッているのが分かる。

中の刺激だけで極めてしまったらしい涼太は、しどけなく色っぽくて、たまらなく可愛らしかった。

涼太の先端から熱い蜜《みつ》がとろとろ溢れていく。それにこくりと息を飲み込むと、穂積はさらに腰の動きを強くした。

「バっ……いま、でて…っ。穂積、……まだ、いっ…てる…て、……」

自分がこんなに激しい人間だなんて、この人を抱くようになるまで知らなかった。性欲はどちらかというと淡泊な方で、あっさりしていると思っていたのに。

穂積に突かれるたび、細い腰が気持ちよくてたまらないといったように、うねるのがいい。

視覚からの刺激が強すぎる。

「あ…、また……やば…っ」

熱い内部に絞られながら深く動いた瞬間、涼太が感極まったようにしがみついてきた。

「涼太さん…っ」

「………っ…、……‼」

出したばかりなのに、もう一度イカされてしまったらしい涼太は、その後しばらくハアハアと荒い呼吸をくり返したままぐったりとしていた。

が、復活後にいきなりグーでどつかれて、穂積は目を丸くした。

「お前……っ、ほんと、いちいち丁寧だし、なんか最近、うますぎなんだよ！」

「……す、みません…？」

悩むところだが、褒められているというわけでもなさそうだ。

一応、謝ると『謝るな、バカ』と小さく叱られて、またもや口元が緩んでしまう。

「あー、もう……俺ばっか……」

「え……？」

「お前は…っ、俺に夢中じゃないのかよ？」

涙目で見つめてくる涼太が、真剣に可愛い。

「え？　夢中すぎて、さっきから止まらないんですけど……？」

正直に呟くと、なぜか涼太はぐっと言葉を喉《のど》に詰まらせた。

「……っ、なら……もう、いい。……さっさとしろよ」

（つまり、続きをしていいってことだよな？）

なんなんだろう。この可愛い生き物は。

『お前の方が、よっぽど可愛いよ』と涼太は言うが、こんなもっさりと背ばかり大きい、うまい言葉の一つも言えないような不器用男を捕まえて、そちらのほうがどうかしていると思う。

正直、自分の取り柄と言えば料理ぐらいだ。

でもそれが涼太の胸に刺さったというのなら、嬉しい。

「涼太さん、涼太さん……」

お許しが出たところで、その身体を貪《むさぼ》ることに専念する。

深く浅く突いては、涼太にさらに甘い声を上げさせる。料理と同じで優しく丁寧に手間をかけた分だけ、涼太の身体は味わい深くなっている気がする。

指の爪から、胸の先、足の指まで嘗められ、愛されまくられた涼太が、最後には『もう…食うな』と告げるまで、しっかりと味わい尽くしたのだった。


愛しい人を抱き寄せて、幸せの重みを感じながら泥のように眠った朝。

いつもより遅めの朝食をとったあと、穂積と涼太はそれぞれ動き始めた。

穂積は店に戻って、明日の仕込みの準備をしに。涼太は部屋を片付けた後、美空を迎えに行くらしい。

お昼にはまたそれぞれマンションへ戻ってきて、今度は三人で昼食の予定だ。

「じゃあ、ちょっと店の方へ行ってきます」

「おう。いってらっしゃい。気をつけてなー」

そんな風に送り出されることを、こそばゆく思う。

まるで新婚さんみたいに、出かける前に小さなキスを交わし、それがまた穂積の胸を温かくくすぐった。

定休日の店の中で、穂積は明日の仕込みと片付けをしたあと、いくつか連絡を入れた。

まずは節子に。彼女には改めて、期間限定ではなく、これからは社員として店に出て欲しいとお願いした。帳簿つけや経費など、穂積が得意ではない分野でも助けてもらいたいことを説明すると、節子は『まぁ。私みたいなおばあちゃんでいいなら、喜んでやらせてもらうわ』と快《こころよ》く了承してくれた。

その後で、兄へも自分から電話をかけた。

本格的に店をやっていくと決めたことを、改めて報告しておきたかったのだ。

最初はやはり難色を示していた様子だったが、穂積がこれまで様々な人に助けられてきたこと、自分自身でやると決めたこと、そしてなによりいまが幸せであることを伝えると、電話の向こうで黙って聞いていた兄も、最終的には『……そうか』と頷いてくれた。

『お前にとってそれが最善策だというなら、思うようにやってみろ。俺からも親父たちには話しておく』

「……ありがとう」

電話を切る間際、『でもな、くれぐれも無理はするなよ。困ったことがあったらすぐに相談しろ』と何度も念を押していたところを見ると、兄は兄なりに穂積のことを考え、心配してくれていたのかもしれないなと、ふと思う。

これまで穂積自身、家族に対しては萎縮《いしゅく》してばかりで、ちゃんと向き合って話をしてこなかった。

そうしたわだかまりをなくすためにも、『よかったら、今度みんなで食べにきて。ご馳走《ちそう》するよ』と穂積が伝えると、兄は少し戸惑った様子ながらも『わかった』と答えてくれた。まずは第一歩だ。

「ほづみん、いらっしゃーい」

店の準備を終わらせ、再び涼太たちの住むマンションへと向かうと、すでに先に帰ってきていたらしい美空が出迎えてくれた。

「こんにちは。美空ちゃん、久しぶりだね」

「うん。ほづみん、こっちこっち。まずは手をあらってからね」

久しぶりに会う穂積の前で、少し照れくさそうにしながらも全開の笑顔で迎えてくれた美空に、こちらもつられて笑顔になる。

美空と一緒に洗面所で手を洗っていると、奥のキッチンからひょこりと涼太が顔を出した。

「お、おかえり。よかった。ちょうど準備ができたところだ」

「え……準備って、一体なんの……？」

なんの話だろうと思って首をかしげつつリビングへ足を踏み入れた穂積は、そこで朝とは様変わりしている部屋を目にして、言葉をなくした。

「これ……」

「へへー。さっき、美空とパパとでかざりつけしたんだよー？　このわっかはね、美空が作ったの」

色とりどりの折り紙を輪にしてつなげた、手造りのガーランド。

それが窓ガラスや壁のあちこちに飾り付けられている。

（あ、あれ？　今日って、誰かの誕生日だったっけ……？）

涼太はたしか九月生まれだし、美空は五月に誕生会をしたばかりだったはずだ。

もちろん穂積の誕生日でもない。

なのにこれはなんのお祝いだろうかと首をかしげたそのとき、奥から涼太が『じゃじゃーん』と言いながら、白い皿のプレートを運んできた。

「さあさあ。こちらにどうぞ、お座りください」

「わーい。ほづみん、すわってすわって」

「え、あ…はい」

二人に促《うなが》され、テーブルに着く。

狐につままれたような気分で腰を下ろすと、二人は顔を合わせてニコッと笑った。

「みーちゃん、今だ！」

「うん。せーの」

「『ほづみん、おみせおーぷんおめでとう！』」

二人が見事にハモった瞬間、穂積の前に差し出されたのは、白い皿にのった大きな大きなオムライスだった。

文字ではうまく伝わらないと知っているからその代わりなのか、オムライスに大きく描かれていたのは、不格好なハートマークだ。

「あの、これ……って……？」

思わず、その皿をまじまじと見つめる。

「あ、あれ？　やっぱ外したか？」

「だからいったでしょー。パパ。なんかはーとが、まがってるんだもん」

「えー。そうかぁ？」

何度も何度も、練習したのだろうと見てわかるほど、努力の痕跡の残ったオムライスは、正直、お世辞にも見栄えがいいとは言いにくかった。

ご飯を包んでいる薄焼き卵はところどころ焦《こ》げていたり、破れたりもしているし、ケチャップで描かれたハートは途中で書き直したのか、少しにじんでいる。

それでも、大事なことはちゃんと伝わった。

そのオムライスは、どんな有名シェフのご馳走よりも、愛情に満ち溢れていた。

「ええっと……あ、あのな？　これでも一応、何度か練習して頑張ってはみたんだぞ？　本当はとろとろのフワフワに挑戦したかったけど、ちょっとそれは荷が重すぎたっていうか……。でも今回の薄焼き卵はなかなかうまくいったんだ。ただ……ライスを包むのが、思ったよりもコツがいったというか、うまく包めなくってさ……」

穂積が絶句して止まったままの姿を目にして、もしやがっかりさせたかと思ったのだろう。

一生懸命、説明を始めた涼太と美空に、穂積は慌てて首を振った。

「ち、違……っ」

否定しようとした瞬間、熱い滴《しずく》がぽろりと頬を伝って零《こぼ》れ落ちたのが分かった。

ぐっと息をのんでこらえようとしたのだが、喉の奥を焼くような熱に押されて、あとからあとからぽろぽろと滴が伝わり落ちていく。

目元を押さえたものの、一度堰《せき》を切った涙は止められず、穂積は俯《うつむ》いたままじっとその皿を見つめ続けた。

「……っ」

この世でたった一つ、穂積のためだけに作られたオムライス。

好きな人たちが一生懸命作ってくれた、愛情の証《あかし》。

なんて素晴らしいんだろう。

この家族の端っこに自分もいていいのだと、その許可をもらえただけでも嬉しかった。

ましてや、こんな風に特大のハートマークをもらえる日がくるなんて。

「パパ……、どうしよう？　ほづみん、泣いちゃったよ？」

「泣いちゃった……な」

突然、無言で泣き出した穂積を目にして、途方に暮れたように美空が隣の涼太を見上げた。

「ほらー、だから美空がもういっかいつくりなおそうよって、いったのに」

「違います……。嬉しかったから。すごく嬉しくて……っ」

これ以上、幸せなことがあるだろうか。

あまりに嬉しくて、つい泣けてしまったのだと呟くと、涼太が心配する美空をなだめるようにぽんぽんとその頭を叩いた。

「穂積。お前は……いっつも自分のことは後回しだろ？　人が腹一杯かだとか、うまいもの食べられてるかとかばっかり気にしてて。だから、たまには俺も頑張ってみようかなーと思ってさ」

言いながら、にやりと笑った涼太はそのまま美空をよいしょと抱き上げた。

「もちろん、お前に料理の腕で敵《かな》うなんて、これっぽっちも思ってないからな？　ただたまに

はお前も、人から差し出されたものをだなぁ……って、ぐほっ！」

いきなり抱きついてきた穂積にきつく締め付けられる形になった涼太は、ギブギブと言いながらその腕を叩いた。

「おい、おい！　穂積！　みーちゃんまで潰れるって！」

「す、すみません…」

欲しくて、手に入れてみたくて。

でも――諦め続けてきたもの。

どんなに手を伸ばしても、願っても、届かないとずっとそう信じていた。

なにもかも諦めることしか知らず、膝を抱えてうずくまるしか出来なかった、あの頃の自分に教えてあげたい。

いつか遠い日に、全てを手にすることができると。

「ほづみん、大丈夫？」

「ああ。ほづみんはこれまでずーっと頑張ってきたからな。ちょっと嬉しくなりすぎたんだってさ」

「ふうん？」

涼太が笑って説明すると、涼太の腕に抱かれていた美空が『いい子、いい子』と穂積の頭を、その小さな手で撫でてくれた。

それにまた、温かな滴が零れてしまう。

涼太の言うとおりだと思った。これまで穂積は自分が食べることより、自分の作った料理を食べた誰かが、『ああ、美味しかった』と笑ってくれるのを見るのが、嬉しかった。

その姿を目にするたび、自分まで満たされるような気がしたから。

でも……それだけじゃなかった。

同じように愛情を返されて、初めて知った。

本当は……自分も深く愛されてみたかったのだと。

お腹いっぱいになるくらいに。

「ほら。せっかく頑張って作ったんだから。冷めちゃう前に、みんなで食べようぜ」

そう言って笑って差し出されたスプーンには、愛情がいっぱいに詰まっているのが見えた。

あとがき

AFTERWORD……………………

—可南さらさ—


こんにちは。可南《かなん》です。

とってもお久しぶりです。というか、もはや初めましての気分です……。

ここ数年は個人的に色々と変化がありまして、しばらくお仕事をお休みさせていただいておりました。

今回は担当様とイラストレーターのカワイさんのお力により、なんとか久しぶりに形になりそうです。本当にありがとうございます。

カワイさんには雑誌から可愛いほのぼのイラストを描いていただいているので、今回の単行本も楽しみにしているところです。

実は今回の単行本作業中、担当様から『とうとう出ますね。雑誌からほぼ四年越しですよ』と言われ、そんなにも時間が過ぎていたのか……と自分でも激しく衝撃を受けました。

完全に浦島太郎状態です。

そんな中、もしも奇特にも覚えていてくださったり、新作を待っていてくださった方がおりましたら、本当に本当にありがとうございます。

世界的にも大変な状況が続いている中で、お手に取っていただけたことにも深く感謝しております。

　引きこもり中でも、萌《も》えと癒《い》やしは大切だなーと実感する毎日です。

　今回の二人のお話は、『カップ一杯の愛で』という本のリンク作となっておりますが、もちろん単体でも読めるかと思います。

　前作では主人公カップルのつっこみ役だった竹内《たけうち》が、今回は自分の恋愛にはまって、ジタバタとしております。そして気がつけばお仲間に……。

　時間があまりに空《あ》きすぎているため、前作なんて忘れている方も多いかと思いますが、機会がありましたら、どちらも楽しんでいただけると嬉しいです。

　今後しばらくはのんびりペースになるかと思いますが（いえ、元々のんびりペースなのですが）、お仕事も少しずつやらせていただければなぁと思っておりますので、もしまたどこかで見かけましたら、どうぞよろしくお願いします。

　皆様も体調には是非、お気をつけください。

2020年　初夏　可南さらさ

日曜日の昼下がり、穂積《ほづみ》は涼太《りょうた》と美空《みそら》と共に、敬一郎《けいいちろう》と夏生《なつき》の家を訪れた。

敬一郎とは子供の頃に遊んだ記憶があるものの、もう二十年近くも前の話だったし、その恋人である夏生と直接話すのは、これが初めてだ。

「じゃあ、敬一郎さんや竹内《たけうち》さんとは、その頃に知り合ったんだ？」

「はい。二人とも兄の友人だったので、うちに来たときによく遊んでもらいました」

「へぇ。その頃の二人ってどんな感じだったわけ？」

オレンジの髪に、少し鋭い目つき。その尖《とが》った外見から一見、とっつきにくい相手なのかなと思ったけれど、話してみると夏生はとても素直でいい子だなと思う。

美空が『なっちゃん』『なっちゃん』と懐いているのも頷ける。

「ええと、山沖《やまおき》先輩は昔からなんだかとても落ち着いていて、いい人でしたね。涼太さんは……あの頃からすごく可愛かったです」

正直に告げると、なぜか夏生は『うへぇ』と漏らしながら、隣にいた敬一郎を見上げた。

「たしかにあの頃の竹内は、可愛かったですよね。……性格はまぁ、別として」

「ほっとけ。……あ、でもそういや初めて一緒に遊んだ日さ。お前、いきなりナンパしてきたよな？　……今から思えば、あの頃からお前ってゲイだったんだな」

「いえ、確かその頃はまだ自覚はしてなかったはずですよ。ただ可愛い子がいるなと思っただけで」

お土産に作ってきた穂積のケーキをつつきながら、しみじみと思い出話に浸《ひた》る二人を前に、穂積はもちろん、隣に座っていた夏生までもが呆然として固まった。

「ちょっと待ってください。なんですか？　その話……」

「はぁ？　ナンパってなんなんだよ、それ」

声を上げたのは、穂積と夏生、ほぼ同時だ。

「え？　いや、初めて会ったときにさ。敬一郎がいきなり『君、すごく可愛いね』とか言ってきてさぁ。アホかコイツと思って、蹴り飛ばした記憶が……」

涼太がゲラゲラと笑いながら話す内容には、聞き捨てならないものがあった。

「なんだよ、それ。そんなの聞いてねーし！　敬一郎さん。アンタ、竹内さんに対してまったくその気はないとかいっといて……。嘘だったのかよ？」

「う、嘘じゃないですよ。本当に竹内とはそんな感じではなくて……ナ、ナツさん？」

夏生の勢いに気圧《けお》されたように、敬一郎は懸命に言い訳をしている。

そんな二人のやりとりを眺めながら、涼太は『まったく、バカップルはしょうがねーな』とニヤニヤ笑っていたが、穂積としても笑い事ではなかった。

「あの……。俺も気が気じゃないんですが……」

ぼそりと呟くと、涼太は余裕の表情で手を振った。

「敬一郎となんて絶対ありえねーから、安心しろって」

そうは言っても、気になるものは気になる。

あの頃の涼太の可愛らしさをよく知っているだけに、穂積の気持ちは複雑だった。

「しかし考えてみれば敬一郎って、昔からずいぶんとませたガキだったよなぁ。……みーちゃんは、そんなことないよな？」

そう呟いた涼太は、膝の上でケーキを黙々と頬張っていた美空の頭を優しく撫でた。

「美空、男の子からこくはくされたことあるよ？」

「は？」

だが次の瞬間、愛娘《まなむすめ》の唇から零《こぼ》れ落ちた言葉に、ピタリと涼太の手が固まった。

「え、え？　だ、誰からだ？」

「ひまわり組のはやと君と、バスでおとなりのりょうすけ君。あと、同じ組のりく君」

「な…なに……？　さ、三人も？」

淡々と告げられた衝撃の事実に、涼太はもはや顔色をなくしている。

「うっわ。美空、モテモテだな」

「まぁ、美空はかなりの美人さんですしね」

敬一郎と夏生からのツッコミも無視して、涼太は膝の上の娘の顔を恐る恐るのぞき込んだ。

「美空ちゃん。ちょ、ちょっとパパに、その話をよく聞かせなさい？」

「えー、もういいよー」

「みーちゃん……」

「美空、ケーキもっと食べたいもん」

娘の言葉にそれ以上は逆らえず、涼太は無言のままがっくりとうなだれている。

涼太には申し訳ないけれど、そんな二人のやりとりが、やっぱり微笑《ほほえ》ましくて可愛いなと思ってしまう。

「あの、涼太さんも。よければもっとケーキ食べてください」

落ち込む涼太を慰めるように、フォークに載せたイチゴのケーキを差し出すと、涼太は肩を落としながらも大人しく口を開いた。

「……なぁなぁ。竹内さんって、完全に餌付《えづ》けされてるよな」

「まぁ、竹内の場合は胃袋を摑むのが正解ですよね」

外野からそんなひそひそ声が聞こえてきたけれど、穂積はまったく気にしていない。

もし涼太が穂積の料理の腕に釣られて好きになってくれたというのなら、それこそ料理人になった甲斐《かい》があるというものだ。

「なに言ってんだか。穂積がすごいのは、別に料理だけじゃないっつの」

だがそう言って差し出されたイチゴをぱくっと頰張った涼太に、穂積は俯《うつむ》き、耳を赤くした。

この本を読んでのご意見、ご感想などをお寄せください。
可南さらさ先生・カワイチハル先生へのはげましのおたよりもお待ちしております。

〒113-0024　東京都文京区西片2-19-18　新書館
[編集部へのご意見・ご感想] ディアプラス編集部「ひと匙の恋心」係
[先生方へのおたより] ディアプラス編集部気付　○○先生

-初出-
ひと匙の恋心：小説ディアプラス2017年フユ・ハル号（Vol.64,65）
スプーンいっぱいの愛情：書き下ろし
一粒の恋心：書き下ろし

[ひとさじのこいごころ]
ひと匙の恋心

著者：**可南さらさ** かなん・さらさ

初版発行：2020年6月25日

発行所：株式会社 新書館
[編集] 〒113-0024
東京都文京区西片2-19-18　電話（03）3811-2631
[営業] 〒174-0043
東京都板橋区坂下1-22-14　電話（03）5970-3840
[URL] https://www.shinshokan.co.jp/

印刷・製本：株式会社 光邦

ISBN978-4-403-52508-7